Salah Naoura

STAR

Salah Naoura

STAR

Roman

BELTZ
& Gelberg

© 2013 Beltz & Gelberg
in der Verlagsgruppe Beltz · Weinheim Basel
Alle Rechte vorbehalten
Lektorat: Barbara Gelberg
Einband: formlabor, Hamburg
Einbandillustrationen: Anke Kuhl
Layout und Herstellung: Nancy Püschel
Satz, Druck und Bindung: Beltz Bad Langensalza GmbH,
Bad Langensalza
Printed in Germany
ISBN 978-3-407-82034-1
1 2 3 4 5 6   16 15 14 13

Eine Zeitmaschine müsste man haben. So wie Marty McFly in *Zurück in die Zukunft*. Er setzt sich in diesen coolen Rennwagen mit dem eingebauten Fluxkompensator und rast damit ins Jahr 1955. Und weil er in der Vergangenheit hier und da ein paar Dinge ändert, hat sich auch die Gegenwart verändert, als er zurückkommt. Und zwar zum Guten. Seine Eltern verstehen sich besser, der Vater verdient mehr Kohle und sie haben ein schickes Haus.

Mir würde es reichen, nur ein paar Monate in der Zeit zurückzureisen. Das Datum, das ich in den Fluxkompensator eingeben würde, wäre der 24. Juli 2011. Der Sonntag, an dem Mama dreißig wurde. Und verändern würde ich nur eins: nämlich zu Hause bleiben, anstatt zu der verdammten Pferderennbahn mitzufahren.

Mama hatte schon beim Frühstück wieder mal ihre Krise, weil sie dreißig uralt fand und im Badezimmerspiegel irgendeine neue Falte im Gesicht entdeckt hatte. Dabei sieht sie sowieso aus wie ein Mädchen, weil sie mich schon so früh gekriegt hat. Sie zieht sich auch an wie ein Mädchen und benimmt sich manchmal leider auch noch so. Wenn sie noch mal zur Schule gehen müsste und in unserer Klasse neben Regine und Aygün säße, würde sie bestimmt gleich anfangen mit den beiden zu tuscheln und zu lästern und zu kichern.

»Gefällt dir mein Geschenk nicht?«, fragte ich vorsichtig, denn Mama sagte gar nichts und starrte bloß so komisch auf das zusammengeknüllte Geschenkpapier und die Reste vom Goldglitzerband.

»Antifaltencreme, na, toll, vielen Dank, Dicki!«, schnaubte sie.

Die verdammte Creme hatte mich mein halbes Taschengeld gekostet!

»Ich heiße Marko«, sagte ich. »Und ich bin nicht dick.«

»Und ich nicht alt und faltig!«, schimpfte Mama.

Ich weiß echt nicht, was sie hat. Sie sieht total super aus für ihr Alter und das sage ich ihr auch dauernd. Und ihre Falten sind totale Einbildung. (Die Creme hatte ich ihr nur zur Vorbeugung geschenkt. Damit alles glatt *bleibt*.) Manchmal hätte ich gern so eine Mutter wie Greg. Die ist zehn Jahre älter und irgendwie nicht so kompliziert. Als Greg ihr an seinem zehnten Geburtstag mitteilte, dass er ab sofort nicht mehr Gregor heißen wollte, sondern Greg, sagte sie einfach »okay« und nennt ihn seither eben Greg. Mama dagegen nennt mich immer noch dauernd »Dicki«, obwohl ich sie schon seit Ewigkeiten darum bitte, es zu lassen.

Ihr Handy machte *pling,* und sie verschluckte sich fast an ihrem Kaffee, knallte die Tasse auf die Untertasse und schaute nach, von wem die SMS war.

»Toxy!«, rief sie begeistert. »Sie will zur Feier des Tages heute Nachmittag mit uns nach Hoppegarten fahren! Super, oder? Klar, das machen wir!« Sie begann schon die Antwort zu tippen.

Hoppegarten ist die Pferderennbahn und ich hab's echt nicht so mit Pferden. Und mit Toxy sowieso nicht. Außerdem waren wir früher schon mal dort gewesen, deshalb wusste ich, dass die Fahrt dahin eine halbe

Ewigkeit dauert. Sogar, wenn die S-Bahn ausnahmsweise mal pünktlich ist.

»Aber ich bin heute Nachmittag mit Greg verabredet!«, protestierte ich. »Wir wollen ins Freibad!«

Sie unterbrach ihr Getippe. »Ich hab Geburtstag!«

»Ich weiß, aber …«

Ihre riesengroßen Mädchenaugen fingen an zu klimpern. »Ach, büüüütte!«

Mama mogelt überall, wo es nur geht, ein ü rein. Sie sagt auch Tüsch und Füsch. Genau wie ich früher. Bis Greg irgendwann mal meinte, das sei Dialekt. Keine Ahnung, woher er so was weiß. Greg weiß alles Mögliche, was kein normaler Mensch wissen kann. Manchmal verbessert er sogar unseren Klassenlehrer. Beim ersten Mal ärgerte sich Herr Bender noch, aber inzwischen fragt er ihn lieber gleich, wenn er sich bei irgendwas nicht ganz so sicher ist.

»Ach, kooomm! Mir zuliebe, ja?«, bettelte Mama und klimperte weiter. Also stand ich stöhnend auf und rief Greg an, um ihm abzusagen.

Toxy rief dreimal an, als wir schon auf dem S-Bahnsteig standen und auf sie warteten. Wir sollten schon mal losfahren, und sie würde in fünf, nein, zehn, nein fünfzehn Minuten nachkommen, weil sie noch schnell was für einen Artikel nachgucken müsste. Typisch Toxy. Sie ist Journalistin und hat immer gerade irgendwas für irgendeine Zeitung zu erledigen, sogar sonntags. Vor allem muss sie dauernd telefonieren. Manchmal sogar, wenn sie sich gerade mit Mama unterhält. Ich würde ja wahnsinnig werden, aber Mama stört das nicht, weil sie es genauso macht. Mit einem Ohr hört sie Toxy zu und mit dem anderen irgendwem am Telefon. Und wenn ich dann was sage oder frage, kriegt sie es gar nicht mit.

»Ich möchte endlich ein Handy«, sagte ich, als wir in der S-Bahn saßen.

»Kommt nicht infrage«, sagte Mama, während sie eine SMS an meine Tante Mona tippte. »Du wärst bestimmt die ganze Zeit nur am Telefonieren.«

»So wie du immer, ja?«

Sie warf mir einen kurzen bösen Blick zu und tippte weiter.

An der nächsten Station stiegen zwei junge Typen ein, die ständig zu uns rüberguckten. Der eine glotzte Mama total lange an und sagte lachend irgendwas auf Türkisch zu dem anderen. Sie war so mit Simsen beschäftigt, dass sie es gar nicht bemerkte. Mir kamen leise Zweifel, ob ihr Geburtstagsoutfit vielleicht nicht doch ein bisschen übertrieben war. Ihre superhellblond gefärbten Haare mit den drei grünen Streifen drin hatte sie locker hochgesteckt, sodass ihr ein paar wilde Strähnen ins Gesicht fielen. Sie trug den kurzen, schwarzen Lederrock, ihre ampelrote Lieblings-

bluse mit dem tiefen Ausschnitt und dazu die Silber-
schuhe mit den eiffelturmhohen Absätzen. (Mir ist
es ein Rätsel, wie man mit so was laufen kann. Aber
Mama meint, die Topmodels können es ja schließlich
auch.)

In diesem Moment fand ich es zum ersten Mal richtig gut, dass Mama wie ein Mädchen wirkt – überhaupt nicht so, als könnte sie meine Mutter sein. Als
die beiden Türken wieder lachten, starrte ich einfach
aus dem Fenster und tat so, als würden wir nicht zu-
sammengehören.

Am Eingang von Hoppegarten kauften wir Steh-
plätze, das sind die billigsten. Aber komischerweise
muss man gar nicht stehen, sondern darf trotzdem
sitzen, nämlich auf der Tribüne ganz oben – das sind
eigentlich die besten Plätze, finde ich. Wenn man sich
vorne über das Geländer beugt und runterguckt, sieht
man die wippenden Hüte der feinen Damen, die unten
auf der Terrasse sitzen, sich über Pferde unterhalten
und dabei Sekt trinken.

Weil Toxy noch nicht da war, machten wir erst
mal einen Rundgang. In einem kleinen Musikpavillon
spielten ein Trompeter und ein Mann mit Akkordeon
Schubidumusik und ein dritter sang dazu. Vor den
Ständen mit Quarkkeulchen und Grillwurst standen
die Leute Schlange und setzten sich zum Essen an su-
perlange Bierzelttische.

»Kann ich …«

»Nein«, sagte Mama. »Wir haben grad erst zu Mittag gegessen.«

»Ich hab doch noch gar nichts gesagt!«

»Aber du hast gleich schon wieder auf die Bratwurst geschielt.«

Ich versuchte mich auf etwas anderes zu konzentrieren und hielt nach tollen Hüten Ausschau. Die Terrassendamen trugen Schimmerstoffkleider und schicke Schleierhüte, aber es gab auch ganz normal angezogene Frauen mit total verrückten Witzhüten. Ein Hut sah echt aus wie ein Blumentopf, mit roten Stofftulpen, die oben raushingen, schlaff und welk, als wären sie am Verdursten.

Nach einer halben Stunde wurde Mama unruhig und wollte gerade ihr Handy zücken, um ihre heißgeliebte Freundin anzurufen, da entdeckte ich Toxy drüben am Hutstand. Sie probierte ein Vogelnest aus Stoffresten auf, mit einer kleinen, täuschend echt aussehenden Meise aus Watte, die neugierig über den Nestrand guckte. Das Ding passte perfekt zu ihr, fand ich, denn eine Meise hat Toxy auf jeden Fall, auch ohne Hut.

»Trish!«, kreischte Toxy, obwohl Mama eigentlich Nina heißt.

»Toxy!«, kreischte Mama, obwohl Toxy eigentlich Bärbel heißt.

Küsschen rechts, Küsschen links.

Bärbel und Mama waren früher Sängerinnen in der Girly-Band *T for Five* – so hieß die Band, weil es insgesamt fünf Mädchen waren und ihre Namen alle mit T anfingen. (Was eigentlich nicht stimmte, weil es falsche Namen waren.) Damals war ich zwei und Mama war neunzehn und wollte mit der Band so richtig durchstarten. Aber leider wurde nichts daraus, weil fast niemand ihr Album kaufte, nur die erste Single, deswegen mussten sie nach einem Jahr wieder aufhören. Es war trotzdem eine super Zeit, sagt Mama immer. Vor allem, weil sie Bärbel kennenlernte, die beste Freundin der Welt. Und weil alles so toll war, nennen sie sich heute noch so, wie sie damals als Sängerinnen hießen: Trish und Toxy.

»Meine Güte, bist du groß geworden«, sagte Toxy und zwickte mich in die Wange. Wir hatten uns echt ewig nicht gesehen, weil Toxy immer so viel zu tun hat. »Hast du denn schon eine Freundin?«

Aber ehe mir eine gute Antwort einfiel, rief Mama: »Bist du verrückt? Er ist erst zwölf!«

»Fast dreizehn«, sagte ich.

»Komm, Dicki, jetzt übertreib mal nicht!«, schnaufte Mama.

Toxy ist total begeistert von Pferden und wollte als Erstes zum »Führring«, der so heißt, weil die Pferde dort im Kreis herumgeführt werden, damit die Leute sie sich vor dem Rennen ansehen können. Natürlich war es genau dort supervoll, und ich hatte nicht viel Lust, mich zwischen den vielen Pferdefans nach vorn zu quetschen.

»Bin gleich wieder da«, sagte ich.

Mama drehte sich kurz nach mir um und schien zu überlegen, mich lieber anzuleinen, damit ich nicht verloren ging. Aber dann nickte sie.

Ich schlenderte hinüber zu den kleinen, weißen Wettbuden. Unterwegs rannte ein seltsamer Herr im dunklen Anzug an mir vorbei. Auf dem Kopf trug er einen Kuscheltierpferdekopf als Mütze und am Jackett klebte ein kleines Schild mit der Aufschrift »Wettberater«.

»Verpassen Sie nicht Ihren Einsatz!«, rief er den Leuten zu, wobei sein Plüschpferdekopf wackelte, als ob er nickte. »Die Wettschalter öffnen in zwei Minuten!«

Weil es am Wurststand gerade total leer war, zückte ich meinen Geldbeutel und kaufte mir eine viel zu teure Bratwurst mit extra viel Senf. Der Senf klatschte mir gleich beim ersten Abbeißen aufs T-Shirt. Verdammt! Es ist echt nicht zu fassen. Ich kann einfach nichts essen, ohne dass es tropft oder spritzt. Mama sagt immer, dass wir wegen mir Unmengen an Wasser und Waschmittel verbrauchen, weil sie bei drei Mahlzeiten am Tag praktisch dreimal waschen muss. Die einzige für mich mögliche Lösung wäre, weniger zu essen, meint sie. Aber ich wachse ja noch und kann schließlich nichts dafür, dass ich dauernd Hunger habe. Mein Körper braucht eben leider sehr viel Energie – besonders die von Bratwurst.

Ich versuchte mit dem Finger wenigstens einen Teil des Senfs von meiner Brust auf den Pappteller zurückzuschubsen, doch er landete im Dreck, und der gelbe Fleck auf dem T-Shirt war nun so groß, dass Mama ihn unmöglich übersehen konnte. Also schlenderte ich zu den Toiletten rüber, um ihn ein bisschen mit Wasser zu betupfen, damit er nicht so auffiel.

Ein paar Meter vor mir stolzierten zwei kleine Mädchen, als kämen sie direkt aus der Ballettschule. Beide waren fast komplett in Rosa und Weiß gekleidet und hatten die Haare zu einem Knoten zusammengebunden. Eine trug an einem langen Schulterriemen ein weißes Lacktäschchen, die andere hatte ein Plüschpony im Arm, bei dem die braune Mähne sorgfältig geflochten war und aussah wie ein kleiner, etwas zu lang gebackener Osterstollen.

Kerzengerade und mit erhobenem Kinn schritten die beiden durch die Klotür. Ich trottete ihnen hinterher und bog dann rechts ab, zu den Männern.

Und da passierte es: Genau in dem Moment, als meine Hand über dem Wasserhahn schwebte und ihn aufdrehen wollte, hörte ich eine Stimme. So nah, als stünde jemand direkt vor mir. Aber dort *war* niemand. Nur diese Stimme aus dem Nichts. Mit ziemlich viel Hall.

»*Ich weiß, welches Pferd gleich das Rennen gewinnt!*«, sagte sie.

Ich hielt den Atem an, und meine Hand, die den Wasserhahn noch nicht berührt hatte, zuckte zurück. Normalerweise glaube ich ja nicht an Geister, aber das hier war irgendwie unheimlich.

»Quatsch, weißt du nicht«, sagte eine zweite Stimme. »Leihst du mir den Barbie-Lippenstift?«

Ich hörte das Klicken einer Tasche und begriff so langsam, dass auf der anderen Seite der Trennwand die beiden Ballerinas standen und sich in der Damentoilette ihre Lippen anmalten.

»O doch, meine Liebe. Weiß ich wohl!«

Ach du Scheiße … *Meine Liebe!*

»Und wer?«

»Danedream!«

»Niemals. Danedream ist ein Außenseiter, hat Papa gesagt. Er tippt auf Scalo. Oder Superstition.«

Redeten die beiden echt von Pferden? Das einzige Pferd, das ich mit Namen kannte, hieß *Kleiner Onkel*.

»Aber meine Mama hat einen Tipp bekommen …«

»Echt? Von wem?«

Der Lippenstiftdeckel ploppte.

»Geheim. Wetten wir?«

»Kinder dürfen nicht wetten.«

»Doch nicht am Wettschalter. Nur wir zwei.«

»Um den Barbie-Lippenstift?«

»WAS?«

»Komm, deine Mutter kauft dir einen neuen.«

»Und wenn *ich* gewinne, leihst du mir drei Wochen lang dein Pferd und nimmst dafür meins.«

»NEIN!«

»Dann gib mir meinen Lippenstift!«

Einen Moment lang war es still.

»Na gut … Wir wetten. Ich sage Scalo.«

»Und ich Danedream.«

Ich wartete ab, bis die beiden wieder draußen waren, dann rannte ich los. Das Herz schlug mir bis zum Hals. Ich war aufgeregt wie ein kleiner Junge, der beim Buddeln im Sandkasten ganz unerwartet einen Schatz findet.

Toxy und Mama waren die Letzten, die noch am Führring standen. Die anderen Leute schlenderten bereits Richtung Tribüne.

»Geht's noch?«, keifte Mama. »Wir stehen uns hier die Beine in den Bauch und warten, bis der Herr sich endlich mal bequemt zurückzukommen!«

Ich murmelte was von Toilette und dass mir schlecht geworden sei.

»Von der Bratwurst, ja?« Mama starrte auf den verräterischen Senffleck. »Ich hatte doch nein gesagt!«

Komisch eigentlich, dass Mama Frisörin ist. Sie wäre bestimmt eine super Kommissarin. Oder noch besser: bei der Spurensicherung.

Anstatt über die Bratwurst zu reden, erklärte ich schnell, dass wir unbedingt sofort zum Wettschalter müssten, weil ich nämlich zufällig wüsste, welches Pferd gleich das Rennen gewinnen würde, und dass ich zehn Euro von meinem Taschengeld setzen wollte und Mama den Wettschein abgeben müsste, weil Kinder leider noch nicht wetten dürfen, aber die Sache sei absolut supersicher, deswegen wäre mein Taschengeld gut investiert und ich würde hinterher bestimmt das Doppelte wieder rauskriegen und sie dann auch zum Eis einladen, Vanille, ihre Lieblingssorte.

Mama glotzte mich an, als wäre ich verrückt geworden.

»Und woher weißt du das zufällig?«, wollte Toxy wissen.

»Ich hab auf dem Klo eine Stimme gehört und …«

»Eine Eingebung!« Toxy liebt alles, was irgendwie mit Eingebungen und Ahnungen und schier unglaublichen Zufällen zu tun hat. Wenn Mama sie genau in dem Moment anruft, in dem sie gerade Mama anrufen will (was eigentlich dauernd passiert), kriegt Toxy sich erst mal eine Weile nicht mehr ein und sagt dann jedes Mal, das wäre doch einfach unglaublich, aber sie hätte irgendwie geahnt, dass es Mama ist.

»Die Stimme des Schicksals!«, rief Toxy begeistert.

»So ungefähr …«, sagte ich.

Mama meinte, das käme überhaupt nicht infrage, und dass sie mir doch kein Taschengeld gibt, damit ich es zum Fenster rauswerfe, und wenn ich so einen Blödsinn machen wollte, müsste ich halt warten, bis ich achtzehn bin. Aber Toxy war der Meinung, dass man manchmal eben auch auf seine innere Stimme hören muss, weil der Bauch nämlich schlauer ist als der Kopf, und genau in dem Moment lief auch noch der Wettberater mit dem Plüschpferdekopf an uns vorbei und rief: »Verpassen Sie nicht Ihren Wetteinsatz!«

»Also Trish, das ist nun *wirklich* Schicksal!«, sagte Toxy, und Mama stöhnte und verdrehte die Augen und dann gingen wir endlich zum Wettschalter für Anfänger.

Die Frau im Budenfenster erklärte uns die ganzen verschiedenen Wetten, was eine Ewigkeit dauerte und ziemlich kompliziert klang, aber weil ich genau drei Pferdenamen kannte, nahm ich die Dreierwette, kreuzte die Nummern von Danedream, Scalo und Superstition an, bezahlte meine zehn Euro und Mama gab den Schein ab.

Oben auf der Tribüne strich sich Toxy alle zwei Sekunden total nervös ihre Haare hinters linke Ohr, und Mama rief bei Tante Mona auf Rügen an und erzählte, dass »wir wetten«, weshalb ich ihr kurz das Handy wegnahm und »*Wir* wetten gar nicht! *Ich* wette! Hallo, Tante Mona!« hineinplärrte.

Toxy blätterte im Rennprogramm, in dem netterweise von jedem Reiter der Helm und das Hemd abgebildet waren. Alle in verschiedenen Farben, damit man sie auch ohne Fernglas leicht unterscheiden konnte.

»Hier, der Jockey von Danedream ist der in Orange und mit dem weißen Helm«, sagte sie, und dann tönte plötzlich eine Männerstimme aus dem Lautsprecher, die den Start verkündete, und unten rannten die Pferde los und Mama brüllte: »Mona, ich muss Schluss machen!«

Zehn Pferde rasten vor einer grünen Hecke an uns vorbei, und hinter der Hecke raste ein schwarzer Wagen mit einer Kamera auf dem Dach, die alles filmte. Toxy krallte sich an meinem Arm fest und Mama kreischte. Der orangefarbene Jockey war erst mal ganz weit vorne, aber dann kam einer in Blau und überholte ihn und dann kam schon die erste Kurve und die Pferde wurden immer kleiner.

»Seht ihr was?«, rief Mama.

»Ihr müsst auf den Ansager hören!«, rief Toxy.

Der Ansager war ziemlich schwer zu verstehen, weil er genauso schnell redete, wie die Pferde rannten, und dabei ihre schwierigen Namen herunterrasselte, dass mir der Kopf schwirrte. Alles ging superschnell und wenig später flitzten die zehn auf der anderen Seite der Pferderennbahn schon wieder heran und der Endspurt begann.

»Deiner ist weit hinten!«, rief Mama ärgerlich und schubste mich. »Weg sind deine zehn Euro!«

Da sah ich, wie mein Pferd plötzlich in den Turbogang schaltete und an allen anderen vorbeizog! Mein Herz raste mit und die Stimme des Ansagers schaltete ebenfalls einen Gang höher:

»Zweihundert Meter vor dem Ziel löst sich Andrasch Starke auf Danedream! Danedream ist hier voraus, Scalo kommt weiter außen, dann sehen wir noch Dandino und Night Magic innen, aber ein gaaanz leichter, sicherer, überlegener Erfolg. Er kann zelebrieren: Danedream und Andrasch Starke gewinnen den Großen Preis von Berlin!«

»Gar nicht mal schlecht für den Anfang«, sagte die freundliche Dame am Schalter, als Mama meinen Wettschein hinlegte. »Alle drei Pferde richtig getippt, Glückwunsch. Ihr Gewinn beträgt 6000 Euro.«

Toxy und ich jubelten, und Mama war total geschockt und meinte, das könnte doch nicht sein. Aber die Dame vom Wettschalter erklärte, dass ich alle drei Siegerpferde in der richtigen Reihenfolge vorausgesehen hätte, das wäre wirklich ganz unglaublich.

Auf der Heimfahrt fing ich an, ein paar der Dinge aufzuzählen, die ich mir kaufen würde.

»Vergiss es, Dicki«, unterbrach mich Mama.

Es war nicht zu fassen, aber sie war echt der Meinung, die 6000 Euro gehörten *ihr!* Zumindest das meiste davon, und wie viel *ich* davon bekam, darüber müsste sie erst noch mal in Ruhe nachdenken …

»Das war doch *meine* Idee, du wolltest ja gar nicht, dass ich wette!«, brüllte ich wütend. »Und außerdem waren es *meine* zehn Euro!«

»Ach ja? Und wer hat sie verdient?«, fragte Mama schnippisch. »Wer schneidet und fegt Haare, damit wir Nudeln kaufen können?«

Eigentlich ist unser Zweierleben insgesamt so ganz okay. Wir streiten zwar oft, aber wir lachen auch viel. Mama kann total albern sein und echt witzig. Manchmal kommt sie mir mehr so vor wie eine große Schwester. Dann will sie alles gemeinsam entscheiden, auch Dinge, die mich nicht so interessieren. Ob wir den Stromanbieter wechseln sollen, zum Beispiel. Oder ob sie sich die Haare färben soll. Aber irgendwann so zwischendurch fällt ihr dann wieder ein, dass sie ja meine Mutter ist. Dann will sie leider komplett alles ganz allein entscheiden – besonders Dinge, die mir wichtig sind.

Vor lauter Wut und Enttäuschung hätte ich am liebsten losgeheult. »Ich will ein Smartphone!«, rief ich. »Es war doch *meine* Eingebung!«

»Und eine gute«, lobte sie mich. »Solche Eingebungen darfst du gerne öfter haben.«

»Ich will meine 6 000 Euro!«

Mama verdrehte die Augen. »Marko. Weißt du, wie lange ich arbeiten muss, um 6 000 Euro zu verdienen? Fast ein halbes Jahr! Es tut mir leid, aber wir schwimmen nun mal nicht im Geld.«

Das sagt sie ziemlich oft, mindestens einmal pro Woche.

»Weil dein Vater sich damals ja leider entschieden hat abzuhauen …«

Auch das sagt sie mindestens einmal pro Woche.

Aber ehrlich gesagt bin ich mir da gar nicht so sicher – man weiß ja nie, was so alles passiert.

Kurz nachdem ich zur Welt gekommen war, ging mein Vater eines Morgens zum Bäcker, um Schrippen zu holen. Und Kaffeesahne. Aber leider kam er nie zurück. Mama meint, er war eben einfach ein mieser Typ, aber ich kann mir auch vorstellen, dass es einen anderen Grund gibt. Zum Beispiel, dass er entführt wurde. Er war damals selber noch nicht alt, achtzehn, glaube ich. Und sehr dünn.

Vielleicht sitzt mein Vater heute ja irgendwo in einem anderen Land und muss dort für irgendeinen fiesen Boss arbeiten und würde sich echt freuen, mich wiederzusehen. Außerdem ist es nicht leicht, mich zu finden, denn seit damals sind Mama und ich mindestens zehnmal umgezogen.

Später, am Abend, stritten wir mal wieder um das Fernsehprogramm. Mama war für *The Voice of Germany* und ich wollte unbedingt *Vermisst* gucken. Bei *Vermisst* sucht die Moderatorin nach Personen, die seit Jahren verschwunden sind. Sie fliegt in andere Länder, fragt dort in Kneipen und klingelt bei fremden Leuten an der Tür und das alles wird gefilmt. Am Ende spielt sie das Filmmaterial dann demjenigen, der jemanden vermisst, auf dem Laptop vor und sagt: »Ich habe deinen Vater gefunden. Er wartet mit einer

Rose in der Hand hinter der großen Eiche am Ende der Straße!«

Mama findet die Sendung total nervig und ich kann ihre albernen Topmodels und Möchtegernsänger nicht leiden. Beim Fernsehen schaffen wir es fast nie, uns zu einigen.

»Dann kauf mir einen eigenen Fernseher und das Problem ist gelöst«, sagte ich.

»Kauf mir, kauf mir, ich höre nichts anderes von dir als *kauf mir*«, schimpfte Mama. »Smartphone, Fernseher. Was denn noch alles?«

»Oder wir gucken gar nicht fern«, schlug ich vor. »Du könntest mir was von Papa erzählen. Wie er so war und so.«

Sie stöhnte.

»Marko, das hab ich dir schon *tausendmal* erzählt! Er war ganz nett und dann war er weg. Mehr weiß ich nicht.«

Ich ging in mein Zimmer und knallte wütend die Tür hinter mir zu. Es ist echt jedes Mal dasselbe – immer sagt sie, dass sie nicht mehr weiß. Dabei hat sie doch so viel Zeit mit ihm verbracht! Mit Mama kann man über verschwundene Väter echt nicht reden – deswegen rede ich lieber mit Greg darüber.

Weil es am nächsten Tag so superheiß war, gingen wir direkt nach der Schule ins Freibad.

Greg war seit der ersten Klasse mein bester Freund, und an diesem Montag begann die allerletzte Grundschulwoche der 6b*, mit großem Abschiedsfest und Zeugnissen und Gejammer, weil viele nach den Sommerferien in andere Schulen gehen würden. Elena, Greg und ich waren komischerweise die Einzigen, die auf die Morgenstern wechselten. Greg und ich freuten uns total, dass wir zusammenblieben, das war am wichtigsten.

Ein paar Meter weiter kreischten die Kleinen auf der Wasserrutsche, und alle zwei Sekunden platschte es, wenn einer unten ankam.

Wir lagen auf Mamas grüngestreifter Picknickdecke, und Greg trug seine supercoole Sonnenbrille, auf die ich so neidisch war, dass ich dauernd draufstarrte. Als er es merkte, hob er lässig den Arm und grinste mich an.

»Mann, Greg!«, sagte ich. »*Machst* du irgendwas? Wo kommen denn plötzlich deine ganzen Muckis her?«

»Die kommen vom Kraftsport«, sagte er. »Mit meinem Neuvater.«

Sein richtiger Vater war ebenfalls verschwunden, allerdings erst vor zwei Jahren. Greg hatte nie sehr viel davon erzählt.

---

* In Berlin geht die Grundschule bis zur 6. Klasse.

»Sag mal, könnte es nicht sein, dass dein richtiger Vater entführt wurde?«, fragte ich.

»Quatsch. Der ist abgehauen. Mit einer blonden Frau mit großen Brüsten.«

»Oh … Wie findest du eigentlich Elena?«

»Doof«, sagte er. »Und du?«

Im Gegensatz zu mir ist Greg wenigstens ehrlich.

»Geht so … Und du meinst, wirklich nur wegen der blonden Haare und der Brüste?«

»Und weil sie jünger ist als Mama. Vielleicht war das bei deinem Vater ja genauso.«

»Glaub ich nicht. Meine Mutter war siebzehn, als er verschwand!«

Greg lachte. »Dann lag's an was anderem«, sagte er und nahm die Sonnenbrille ab. »Dein Vater ist ganz bestimmt nicht entführt worden. Hab ich dir schon mal gesagt.«

»Na ja«, brummte ich. »Man weiß ja nie, was so alles passiert … Ach, übrigens bin ich jetzt reich! *Eigentlich.* Aber verrat's keinem.« Bei Greg war ich mir absolut sicher, dass er es niemandem erzählen würde. Also berichtete ich ihm von meinem Superwettgewinn, den meine Mutter leider nicht rausrückte.

»Glaub ich dir nicht.«

»Stimmt aber.«

»Und woher wusstest du, wer gewinnt? Du hast doch von Pferden keine Ahnung.«

»Eingebung.«

»Quatsch. So was gibt es nicht.«

Wenn Greg irgendetwas glaubt, ist es schwer, ihn wieder davon abzubringen. Und wenn er irgendetwas *nicht* glaubt, noch viel schwerer. Also versuchte ich es gar nicht erst. Aber als wir etwas später nach dem Schwimmen Hunger bekamen und uns an der Imbissbude Pommes holten, drehte sich der Mann vor uns in der Schlange plötzlich um und glotzte mich so komisch an.

»Ist was?«, fragte ich.

»Bist du nicht dieser Junge?«

»Welcher Junge?«

»Na, der aus der Zeitung. Dieser Hellseher, der beim Pferderennen abgesahnt hat.«

Ich schnappte nach Luft. »Welche Zeitung?«

Der Mann zauberte eine zusammengerollte Zeitung unter seinem Arm hervor, rollte sie auseinander und tippte auf die Titelseite.

Sensation beim Pferderennen!
Kind gewinnt Dreierwette!

lautete die Schlagzeile. Darunter war unser Erinnerungsfoto zu sehen, auf dem ich in die Kamera grinste und meinen Wettschein hochhielt. Toxy hatte es noch schnell mit ihrem Handy gemacht.

Greg fielen fast die Augen aus dem Kopf, als er es sah.

Ich grinste triumphierend und fragte den Mann, ob ich die Zeitung behalten dürfte.

»Klar, für 'nen Hunni, du bist jetzt ja reich!«

»Hahaha.«

»Schon gut, war bloß ein Witz«, sagte er und drückte sie mir in die Hand.

Während wir auf der Streifendecke Pommes aßen, las Greg mir mit vollem Mund Toxys Artikel vor:

Unglaublich! Der zwölfjährige Marko G. aus Kreuzberg verfügt offenbar über hellseherische Fähigkeiten! Der Junge aus bettelarmen Verhältnissen hörte auf der Pferderennbahn eine Stimme, die ihm alle drei Gewinnerpferde verriet.

»Aus bettelarmen Verhältnissen!«, schnaubte ich wütend. Das durfte doch nicht wahr sein! Wie kam Toxy nur darauf, so etwas über mich und Mama zu schreiben?

»Soll ich weiterlesen?«, fragte Greg.

»Ja, okay.«

Markos Mutter kann sich freuen, denn ihr Sohn vertraute seiner Eingebung und überzeugte Nina G., einen Wettschein auszufüllen ...

»Das stimmt doch gar nicht«, unterbrach ich ihn. »Ich hab ihn selber ausgefüllt und sie hat ihn bloß abgegeben!«

»Aber das mit der Stimme stimmt?«, fragte Greg.

»Auf jeden Fall«, sagte ich, was ja nicht gelogen war. Allerdings hatte ich mich inzwischen so an Toxys Version der Geschichte gewöhnt, dass es mir fast selber so vorkam, als hätte mein Hirn mir mit den beiden Mädchenstimmen einen Streich gespielt.

Als ich eine Stunde später mit nassen Haaren, der Schultasche auf dem Rücken und dem Schwimmbeutel auf dem Bauch in die Katzbachstraße einbog, empfingen mich vor unserer Haustür fünf verrückte Reporter mit blitzenden Kameras. Vier Männer und eine Frau. Wahnsinn. Anscheinend war ich berühmt!

Ich lächelte und ärgerte mich, dass ich im Schwimmbad zu faul gewesen war, mir die Haare zu föhnen.

»Marko, erzähl uns doch mal, was du gefühlt hast, als deine drei Pferde in der richtigen Reihenfolge durchs Ziel liefen«, sagte die Frau und hielt mir ihr Mikrofon unter die Nase.

»Ich hab die gar nicht erkannt, also die zwei anderen. Nur das eine, das erste …«

»Danedream?«

»Ja, der.«

»Danedream ist eine *Stute!*«

»Oh. Ach so.«

Um mich herum klickte und blitzte es. Ein Herr im grünen Jackett schubste die Reporterin beiseite und hielt mir sein Mikro hin.

»Was machst du mit dem ganzen Preisgeld?«, fragte er. »Kaufst du dir ein schickes Auto?«

»Der Junge ist zwölf, da kauft man doch kein Auto!«, schimpfte die Weggeschubste, ehe ich antworten konnte.

»Soll er es lieber spenden?«, fragte der Schubser und lachte dabei so blöd.

»Kinderdörfer!«, rief eine Stimme von hinten.

»AKTION SORGENKIND!« eine andere.

Die Reporterin drehte sich nach ihren Kollegen um. »Er ist doch selbst ein Sorgenkind!«

»Wieso?«, fragte ich.

»Marko, stell dich mal da rüber!«, verlangte ein älterer Herr, dem eine riesige Kamera mit superlangem Objektiv am Hals baumelte.

»Wie? Wo?«

»Hierhin.« Er packte mich am Arm und zog mich vor den leeren Laden neben unserem Hauseingang.

Mir wurde mulmig.

»Noch ein Stück nach links«, sagte er und zerrte am Riemen meiner Schwimmtasche.

»Lassen Sie mich los!«

»Da ist das Licht am besten. Bleib so.«

Ich kramte mit zittrigen Fingern nach meinem Schlüssel, sprang blitzschnell zur Haustür und sperrte auf.

»Nur einen Moment noch.«

Sie kamen mir tatsächlich hinterher! Ich trat dem einen auf den Fuß und stieß den Älteren zurück, der sich zum Glück nicht wehrte, sondern ängstlich seine teure Superkamera umklammerte. Ein dünner, langer Typ, der alle anderen überragte, stellte sich auf die Zehenspitzen und schoss noch schnell ein letztes Bild.

»Ist deine Mutter da?«, rief die Reporterin.

»NEIN!« Ich witschte durch den Spalt, versetzte der Tür einen kräftigen Tritt und sie fiel krachend ins Schloss.

Die Hausnummer 31 befindet sich zwischen dem leeren Laden und *Ideal-Umzüge, weltweit, preiswert, schnell.* Der Laden stand schon seit Ewigkeiten leer, jedenfalls klebte innen an der Scheibe schon bei unserem Einzug ein weißer Zettel mit der Aufschrift *Zu vermieten* und einer Telefonnummer.

Man geht zuerst durchs Vorderhaus und kommt dann in den kleinen Innenhof, wo die Fahrradständer und die Mülltonnen sind. Viel mehr passt ehrlich gesagt auch nicht rein, denn gleich dahinter ist der Maschendrahtzaun zum Nachbarhof. Wir wohnten im dritten Stock vom Seitenflügel, mit Blick auf die Bäume im Hof und eine schöne Hauswand, die von oben bis unten mit Efeu überwuchert war.

Bei uns im Seitenflügel waren die Treppen nicht so schick mit Teppich ausgelegt und hatten auch kein schnörkeliges Treppengeländer wie im Vorderhaus. Sie waren aus grauem Beton mit Rillen drin und kamen mir vor, als hätte irgendwer vergessen sie fertigzubauen. Außer bei mir und Mama gab es komischerweise nirgends Namensschilder an den Türen. Anfangs hatte ich gedacht, dass wir ganz allein im Seitenflügel wohnen, aber dann hörten wir irgendwann leise Musik, und durchs Treppenhaus stapfte ab und zu eine keuchende, alte Frau mit wilden, weißen Haaren, die nie was sagte. Außer ihr gab es im Stockwerk über uns noch einen Mann mit Hund, so viel stand fest.

Als ich nach Hause kam, war Mama gar nicht arbeiten, sondern saß auf dem Sofa und telefonierte – natürlich mit Toxy. Das Gespräch würde also sicher länger dauern. Ich schmierte mir erst mal eine Käsestulle und trank hinterher zwei Gläser Cola. Dann packte ich den Schwimmbeutel aus und hängte die nassen Sachen auf den Wäscheständer im Bad.

Mama legte auf. »Hallo, Dicki. Wie war's in der Schule und im Schwimmbad?«

»Gut«, sagte ich. »Wieso bist du denn nicht im Salon?«

Der Frisörsalon lag praktischerweise ganz in der Nähe. Morgens musste Mama nur zur Haustür raus, dann die Straße runter bis zur Querstraße, und da war es schon.

»Ich bin krank.«

»Oh. Schlimm?«

»Nein. Nicht *wirklich* krank.«

»*Ich* darf nie zu Hause bleiben, wenn ich nicht wirklich krank bin!«, beschwerte ich mich.

»Ich weiß, du hast ja recht …« Sie strahlte mich an. »Aber es ist etwas total Tolles passiert!«

Ich runzelte die Stirn. »Und was?«

»Heute früh hat hier eine Zeitung nach der anderen angerufen. Sie wollen dich interviewen!«

»Ich weiß.«

»Von wem?«

»Ich habe unten vor der Tür ein paar Reporter getroffen. Woher haben die unsere Adresse?«

»Keine Ahnung, vielleicht von Toxy …«

Ich erzählte ihr, dass Toxy in der Zeitung geschrieben hatte, wir seien bettelarm, aber Mama fand das offenbar nicht weiter schlimm.

»Na ja, das kennt man doch«, sagte sie. »Die Zeitungen übertreiben halt ein bisschen. *So* arm sind wir nun auch wieder nicht … Aber weißt du, was das Beste ist?«

»Was?«

»Du hast eine Einladung vom Fernsehen!«

»Echt?«

»Ja! Von *Little Star!* Ich hab's gerade Toxy erzählt.«

Erst wusste ich nicht, was sie meinte. Dann fiel mir wieder ein, dass *Little Star* eine Fernsehshow ist, in der Kinder irgendwas vorführen, was sie besonders gut können. Superniedlich *Hänschen klein* singen zum

Beispiel. Oder in zwei Minuten fünfzig Schnitzel essen.

»Da geh ich nicht hin, das ist doch Babykram.«

»Wieso, die Ältesten sind sechzehn«, sagte Mama.

»Kommt nicht infrage!«

»Aber, Dicki, du *bist* doch mein *little star!*«, flötete Mama. »Und einen Hellseher hatten sie noch nie in der Sendung, meinte die Frau am Telefon.«

»Ich will aber nicht.«

Leider hat Mama ziemlich viel Talent, mich bei wichtigen Dingen umzustimmen. Ich müsste ja nicht, meinte sie. Aber als ich in mein Zimmer gehen wollte, fiel ihr plötzlich ein, dass man ein paar tausend Euro kriegt, wenn man bei der Sendung mitmacht. Und der Gewinner der ganzen Show kriegt sogar 100 000 Euro! Und dann wäre für mich sicher auch ein Smartphone drin …

»Oh«, sagte ich. »Ich denk noch mal darüber nach.«

»Gute Idee«, sagte Mama.

An diesem Abend rief ich Greg an. Bei einer so schwierigen Entscheidung fragt man lieber seinen besten Freund. Weil beste Freunde von solchen Dingen einfach viel mehr Ahnung haben als Mütter.

»*Little Star?*«, rief Greg. »Waaahnsinn! Da musst du hin!«

»Wie bitte? Das ist doch Babykram.«

»Wieso? Die Ältesten, die da mitmachen, sind sechzehn.«

»*Guckst* du das etwa?«

»Na klar, jede Folge. Du nicht?«

»Da singen kleine Mädchen Hänschen klein!«

»Ist doch süß … Aber es gibt ja auch noch andere Talente.«

Es war nicht zu fassen. Ich kannte Greg nun schon so lange, aber dass er diese alberne Sendung guckte, war mir völlig neu.

»Einmal war auch ein toller Bauchredner dabei«, erzählte er. »Aber warum laden die *dich* ein? Ich meine: Was kannst du denn?«

»Hellsehen«, sagte ich beleidigt. »Schon vergessen? Ich war in der Zeitung.«

»Oh, entschuldige.«

»Was soll ich denn jetzt machen?«

»Geh doch einfach nicht hin, wenn du keine Lust hast.«

Ich erzählte ihm von den 100 000 Euro, die man gewinnen konnte.

»Dann geh hin«, riet er mir. »Einen Hellseher hatten sie noch nicht. Da hast du bestimmt gute Chancen.«

Gregs Argument leuchtete mir ein. Das Problem war nur, dass ich in Wirklichkeit kein Hellseher war und mich total blamieren würde.

Abends im Bett grübelte ich immer noch darüber nach, bis mir diese Fernsehserie einfiel, in dem eine echte Hellseherin die Polizei berät und einen Kriminalfall lösen soll. Sie kann es wirklich, jedenfalls meistens, aber in diesem Fall klappte es leider gerade mal nicht so gut, deshalb verdächtigte sie den Falschen und kriegte richtig Ärger.

Kurz bevor mir fast die Augen zufielen, fasste ich deshalb folgenden Plan: Ich gehe zu *Little Star* und kann an diesem Tag leider gerade nicht so gut hellsehen. Und wenn mich jemand fragt, wieso, antworte ich: »Tja, das kommt auch bei den besten Hellsehern mal vor. Sogar bei Profi-Hellsehern, die die Polizei beraten. Kennen Sie nicht diese Fernsehserie?« Dann fliege ich natürlich raus. Aber nach der Sendung kassiere ich immerhin die Kohle, die man für das eine Mal bekommt. Und *dann* kauf ich mir ein Smartphone!

Man weiß ja nie, was so alles passiert. *Alles* ist möglich. Im Internet gibt es die unglaublichsten Geschichten, und trotzdem sind sie wahr. Ich wundere mich echt immer, wenn jemand sagt, die Handlung eines Films sei total unwahrscheinlich, denn viele Geschichten, die komplett wahr sind, klingen viel unwahrscheinlicher als ausgedachte. Deswegen kapierte ich auch nicht, warum Greg sich gar nicht vorstellen konnte, dass mein Vater möglicherweise entführt worden war. Er glaubt ja nicht mal, dass man sich nach so langer Zeit überhaupt wiederfinden kann. Von wegen! Das beste Gegenbeispiel ist Saaro.

Saaro war fünf und lebte mit seiner Familie in Indien, in einem kleinen Dorf an der Bahnstrecke, die in die Riesenstadt Kalkutta führt. Er und sein älterer Bruder durchsuchten auf den Bahnhöfen in der Nähe immer die Züge nach ein paar Münzen oder anderen Dingen, die die Fahrgäste verloren hatten. Einmal schlief Saaro an einem der Bahnhöfe nach der Arbeit ein, und als er wieder aufwachte, war sein Bruder nirgends zu sehen. Er stieg in den Zug, der vor ihm stand, weil er dachte, sein Bruder wäre darin, und der Zug fuhr los und brachte ihn bis nach Kalkutta. Saaro hatte keine Ahnung, wo er war, und er wusste auch nicht, wie sein Heimatort hieß. Er bettelte in den Straßen von Kalkutta, kam schließlich in ein Waisenhaus und wurde eines Tages von einer australischen Familie adoptiert, die auf der Insel Tasmanien lebte. So kam Saaro nach Tasmanien. Und fast *fünfundzwanzig* Jahre nach der Trennung von seiner Familie fand er seine Mutter in Indien wieder! Nämlich mit Google Earth. Na bitte!

Ich hatte mir schon hundertmal vorgenommen, diese Geschichte Greg zu erzählen, und es leider immer wieder vergessen. Vielleicht hätte er dann endlich begriffen, dass überall auf der Welt die unglaublichsten Dinge geschehen. Wenn es Söhne gibt, die ihre Mütter mit Google Earth wiederfinden, dann gibt es mit Sicherheit auch Väter, die beim Schrippenholen entführt werden!

Greg war wegen *Little Star* völlig aus dem Häuschen und erzählte es in der Schule überall herum, was mir total peinlich war. Besonders vor Elena.

Am vorletzten Schultag kam sie in der großen Pause auf dem Schulhof auf mich zu. »Stimmt das, du machst mit bei *Little Star*?«

Ich zuckte mit den Achseln. »Kann sein.«

Sie sah mich forschend an. »Ja oder nein?«

Ihre Augen waren so tief dunkelbraun, dass mein Herz einen Hüpfer machte.

Ich drehte den Kopf leicht zur Seite und starrte grüblerisch in die Ferne. Wie ein Farmer in der endlosen Prärie, der aus Sorge um sein Vieh prüfend in den Himmel schaut, wo sich Gewitterwolken auftürmen.

Der Pausenhofwind zerrte an meinen Haaren.

»Ja«, raunte ich mit heiserer Stimme.

»Bei der letzten Staffel hat ein Bauchredner gewonnen, der war erst neun«, sagte Elena. »Viel Glück, ich guck die Sendung auf jeden Fall und drück dir die Daumen!«

Na echt toll, dachte ich und verfluchte Gregs Gequatsche. Wegen ihm würde Elena mit ansehen, wie ich mich vor aller Welt zum Affen machte!

Ich überlegte, vielleicht lieber doch nicht hinzugehen, aber dann schickte der Fernsehsender *Vero-TV* für mich und Mama zwei Einladungen zur Live-Sendung in Köln und zwei Flugtickets. Ein paar Tage später rückten zwei Filmteams an, um über uns einen kleinen Trailer zu drehen, der direkt vor meinem Auftritt in der Show gezeigt werden sollte.

Kabel schlängelten sich durch unsere Wohnung, überall standen Scheinwerfer herum, und Mama zog sich ihre schicksten Klamotten an, und nahm wie eine Königin auf dem Wohnzimmersofa Platz, während um sie herum Männer fluchend Möbel umstellten und sich gegenseitig irgendwelche Befehle zubrüllten.

Das andere Filmteam fuhr mit mir auf einen Ponyhof am Rand von Berlin. Dort drückte man mir einen Zettel in die Hand, mit dem ich vor Freude in die Luft springen und »Hurra! Ich habe gewonnen!« rufen sollte.

Ich drehte mich um und sah Ponys mit flatternden Zottelmähnen, die auf der Weide hinter mir Fangen spielten.

»Aber es war eine Pferderennbahn, keine Ponyrennbahn.«

»Egal, spring los und freu dich!«

»Aber Ponys sind viel kleiner!«

»Pferde im Hintergrund sind auch kleiner!«, rief der Regisseur. »Jetzt spring endlich!«

Also tat ich es, und hinterher musste ich ein bisschen an der Kamera vorbeigucken und noch mal genau erzählen, wie das mit den Stimmen gewesen war, die mir die Siegerpferde verraten hatten. Nach dem ersten Dreh sagte der Regisseur, das Licht sei nicht so gut gewesen, deshalb sollte ich noch mal von vorn anfangen. Und als ich die Geschichte zum zweiten Mal erzählte, guckte er so komisch und meinte, das hätte doch eben noch ganz anders geklungen.

»Das mit den Stimmen ist halt schwer zu erklären«, sagte ich genervt. »Außerdem erinnere ich mich nicht mehr so genau.«

Da guckte er noch komischer.

Der Flug nach Köln war toll, jedenfalls für mich, weil ich gerne fliege und einen Fensterplatz hatte. Die Wolkenlandschaft unter mir sah aus wie endloses Packeis im Polarmeer. Jeden Moment konnte ein einsamer Eisbär auftauchen. Oder eine Wetterstation von Nordpolforschern.

Mama war ziemlich blass und hielt wegen ihrer Flugangst die ganze Zeit die Hand wie eine Minimarkise über ihre halb geschlossenen Augen. Die Stewardess kam, um zu fragen, ob alles in Ordnung sei. »Ja, solange mich keiner anspricht«, knurrte Mama, ohne die Augen zu öffnen, und die Stewardess ging beleidigt wieder weg. Als sie später mit dem Snackrollwagen vorbeikam, beachtete sie Mama gar nicht und ich bekam meine Bifi in der Brotrolle und Mamas Bifi noch dazu.

Vom Flughafen Köln/Bonn durften wir mit dem Taxi zum Sender fahren, was ich toll fand, weil wir sonst nie Taxi fahren. Aber kurz bevor wir ankamen, fing Mamas Magen an verrückt zu spielen. Der Taxifahrer bog mit quietschenden Reifen um die letzte Kurve und hielt mit Vollbremsung vor einem Seiteneingang des Gebäudes, und Mama sprang gerade noch rechtzeitig aus dem Wagen, rannte zwei Meter und kotzte dem Sender vor die Tür.

»Schon besser«, keuchte sie. »Jetzt können wir reingehen.«

Während Mama auf der Toilette war, um sich frischzumachen, zog ich unseren Rollkoffer quer durch die Eingangshalle zu einer fast leeren Garderobe. Dort standen hinter dem Tresen zwei Omas in blauen Kitteln und unterhielten sich. Die eine hatte lila Haare, die wie gefärbte Zuckerwatte aussahen. Und die andere lange hell- und dunkelgraue Strähnen, die bei jeder Bewegung hin und her schlackerten.

»Die Leonard ist völlig fertig«, sagte die Lilahaarige gerade zu der anderen. »Ihr Sohn hat die ganze Nacht über der Kloschüssel gehangen.« Sie öffnete die Tresenklappe und zog keuchend meinen Rollkoffer herein, obwohl ich noch gar nichts gesagt hatte. »Da geht grad was um.«

»Ja«, sagte die Graue und streckte die Hand nach meiner Jacke aus. »Mein Walter hatte ganz genau dasselbe.«

»O Gott, der auch?«

»Ich dachte glatt, der stirbt mir weg!«

»So schlimm?«

»Schlimmer, Hilde, schlimmer.«

»O Gott.«

Als Mama von der Toilette zurückkam, fragten wir die beiden Garderobenfrauen, wo es denn zu *Little Star* ginge, und die Lilahaarige meinte, o Gott, da seien wir hier aber total falsch, denn das hier wäre ja der Nebeneingang und in diesem Teil des Gebäudes befänden sich nur die Büros. Die beiden Omas erklärten uns, wo wir hinmussten, was ziemlich kompliziert klang, weil sie sich gegenseitig dauernd unterbrachen und verbesserten.

Mama und ich fuhren mit dem Aufzug in den vierten Stock. Dann gingen wir den ersten Gang links bis zu einer Brandschutztür, dann in den nächsten Gang rechts, dann eine kleine Treppe hinunter, dann vorbei an der Kantine und den Toiletten, dann noch eine kleine Treppe hinunter, und dann hatten wir uns verlaufen.

»Verdammt noch mal, ist denn hier keiner?«, schimpfte Mama.

Die Bürotür neben ihr öffnete sich und heraus trat ein junger Typ mit superkurz geschorenem rotem Haar und obendrauf ein paar roten Locken, die der Frisör verschont hatte. Der Typ war sehr dünn, trug eine grüne Brille und grüne Röhrenjeans und hielt ein Klemmbrett in der Hand.

»Ach, Marko, der Hellseher!«, rief er, als er mich

sah. Ich war total verdutzt. »Ich bin Lukas.« Er gab mir die Hand. »Alle warten schon auf dich!«

Lukas notierte irgendwas in einer Liste auf dem Klemmbrett und führte uns in einen Vorbereitungsraum, wo schon andere Kinder mit ihren Eltern saßen und auf ihren Auftritt warteten. Manche der Kandidaten waren viel jünger als ich. Acht oder neun. Andere wirkten fast schon erwachsen. Manche hatten gute Laune und plapperten drauflos. Andere saßen still und blass in einer Ecke und sahen aus wie Mama im Flugzeug.

Wir bekamen einen Stapel Papiere, den wir beide unterschreiben mussten, und danach rief Mama noch schnell bei Toxy an, um zu erzählen, dass wir den Flug überlebt hatten und es jetzt bald losging.

Die Tür öffnete sich und eine zierliche blonde Frau in einem zitronenfaltergelben Kleidchen kam herein.

Ein Raunen ging durch den Raum, und dann riefen alle außer mir und Mama denselben Namen:

»Desirée!«

»Desirée!«

»Desirée!«

»Desirée!«

Die Zitronenfalterdame lächelte, und mir fiel wieder ein, dass ich sie und ihr Lächeln schon mal auf dem Titelblatt einer Zeitschrift gesehen hatte. Bei Mama im Salon.

Lukas, der neben mir stand, flüsterte mir ins Ohr: »Das ist Desirée, sie ist in der Jury.«

»Weiß ich doch«, flüsterte ich zurück, obwohl ich keinen blassen Schimmer von der Jury hatte.

»Ach stimmt, du bist ja Hellseher.«

Desirée ging einmal im Kreis herum, begrüßte jedes Kind und sprach allen Mut zu. Einem kleinen Mädchen, das zu weinen anfing, schenkte sie ihr Taschentuch. Und einem blassen Jungen mit großen, ängstlichen Augen strich sie tröstend über die Wange.

Als ich an der Reihe war, gab sie mir die Hand und sagte: »Hallo, Marko. Schön, dass du bei *Little Star* mitmachst. Alles, alles Gute und toi, toi, toi.«

Sie schaute mich an, und ich fand, dass ihre Augen müde aussahen. Und ziemlich rot, als hätte sie vor kurzem erst geweint. Und ihr Fernsehlächeln wirkte alles andere als glücklich.

»Danke.« Ich drückte ihre Hand. »Auch für Sie alles Gute und toi, toi, toi!«

Seltsamerweise zuckte Desirée zusammen, als hätte meine Hand ihr einen Stromschlag verpasst.

Die anderen Kinder und ich standen hinter der Bühne und lauschten dem Applaus. Er klang wie das orkanartige Gesumm von einer Million Killerbienen, und auf dem Monitor neben uns war ein Saal zu sehen, der ungefähr die Größe des Olympiastadions hatte. Die Zuschauer waren aufgesprungen und brüllten vor Begeisterung. Eben hatte ein Mädchen mit einem einzigen Atemzug hundertfünfzig Kerzen ausgeblasen und dabei zehn Hula-Hoop-Reifen um ihre Hüften geschwungen. Vor ihr war ein kleiner Junge aufgetreten, der die Fahrpläne aller japanischen Schnellzüge auswendig wusste. Und davor hatte ein Sechzehnjähriger kichernd Kondome aufgeblasen und sie hinterher haargenau im Takt von *Sexbomb, Sexbomb, I'm a Sexbomb* wieder zum Platzen gebracht. Das Publikum buhte ihn aus, und der Jury-Chef erklärte, das wäre ja wohl die beklopppteste Nummer, die er je gesehen hätte.

»Du bist der Nächste«, flüsterte Lukas mir zu.

»Ich geh da nicht raus. Nie im Leben.«

»Oh, einen Moment.« Der nette Lukas verschwand und kam zwei Sekunden später mit einem bärtigen Gewichtheber zurück, der riesige Muskelberge mit sich herumschleppte. In seinen Ohren steckten kleine Stöpsel-Kopfhörer.

»Gibt's Probleme?«, fragte er.

»Nein, gar nicht«, sagte ich. »Ich geh da nur nicht raus. Nie im …«

»Du packst das schon«, sagte der Muskelmann und schlug mir aufmunternd auf den Rücken, wodurch ich zwei Meter weit nach vorne flog und plötzlich auf der Bühne stand.

Das Merkwürdige war, dass ich die Zuschauer gar nicht sah. Aus der Ferne gähnte mir ein schwarzes Loch entgegen, wie ein riesiger, bedrohlicher Besucher aus den unendlichen Tiefen des Weltraums. Irgendwo dort musste Mama in der ersten Reihe sitzen.

Ungefähr zehn Meter vor mir auf der Bühne stand im grellen Scheinwerferlicht ein schicker Tisch, an dem drei Personen saßen: In der Mitte der Zitronenfalter Desirée, links von ihr ein Herr mit schnurgeraden, schwarzen Haaren, die ihm bis zu den Schultern gingen, und rechts der Typ mit braunem Stoppelschnitt – das war der Jury-Chef, so viel hatte ich inzwischen mitgekriegt.

»Hallo«, sagte Desirée. »Wie heißt du?«

Neben mir materialisierte sich plötzlich wie durch Zauberei der Muskelmann und schob mich zwei Meter weiter nach rechts, wo ein Mikrofon stand.

»Äh, Marko … Aber das wissen Sie doch.«

Aus dem unheimlichen schwarzen Nichts ertönte leises Gelächter.

Desirée lachte mit. »Ja, *ich* schon. Aber die Zuschauer nicht«, erklärte sie. »Und du bist ein Hellseher und kommst aus der Hauptstadt, hab ich gehört?«

»Äh … Ja.«

Das Licht ging aus, Musik ertönte und auf einer großen Leinwand rechts von mir sah ich mich selbst vor der Ponywiese, jubelnd und mit einem Fetzen Papier in der Hand. Dann berichtete eine tiefe Männerstimme von dem schlimmen Schicksal eines armen Jungen aus Kreuzberg, der seinen Vater nicht kannte. Ich überlegte noch, von wem die Männerstimme wohl redete, als mein Gesicht in Großaufnahme erschien. »Ja, ich vermisse ihn schon manchmal. Er heißt Frank«, sagte der Film-Marko, und dann zoomte die Kamera noch dichter heran und zeigte meine Augen, die ein kleines bisschen feucht waren, weil der Wind mir ins Gesicht blies. Als Nächstes erschien Mama, die auf unserem Sofa thronte und am Heulen war. »Es war so furchtbar«, schluchzte sie. »Markos Tante lebt in Rio de Janeiro und musste dringend operiert werden, schon seit letztem Jahr ging es ihr immer schlechter. Wir dachten, sie stirbt! Und dann hörte Marko diese Stimme, die ihm sagte, welches Pferd gewinnen würde. Und nun können wir die Operation bezahlen, es ist ein Wunder, ein Wunder, ein Wunder!«

Mir wurde irgendwie mulmig und meine Knie fühlten sich plötzlich an, als könnten sie jeden Moment einknicken. Wovon um alles in der Welt redete Mama da? Die einzige Tante, die ich kannte, war Tante Mona, und die wohnt auf der Insel Rügen. Und davon, dass Tante Mona krank war, hatte Mama auch nie was erzählt. Und Mona auch nicht. Vor zwei Tagen hatten wir noch mit ihr telefoniert – da hatte sie ganz normal geklungen.

Als das Licht wieder anging, musste Desirée sich kurz die Nase putzen. Dann sagte sie: »Wie schön, Marko, dass es deiner Tante wieder besser geht. Es ist wirklich wie ein Wunder.«

»Das ist ooohn-glaub-lick!«, sagte der Schwarzhaarige, der einen dunklen Anzug mit Silberschimmer trug und offenbar Amerikaner war. »Ick konnte auf die Stelle weinen! Absolut *amazing!*«

»Ach kommt, hört doch auf mit dem Käse«, maulte der Jury-Chef, der wie ein Zahnarzt aussah, denn er trug von oben bis unten Weiß und seine Zähne strahlten mit dem weißen Anzug um die Wette. »Das ist doch alles Quatsch.«

»O no, no, no, Rudi!«

»O doch, doch, doch, Rick.«

»Uberhaupte keine Ku-watsch, Rudi!«

»*Totaler* Quatsch, Rick!«

»Kein Streit, ihr zwei«, sagte Zitronenfalter-Desirée.

»Na, dann soll der Junge von mir aus kurz mal hellsehen und dann nach Hause gehen«, sagte der Zahnarzttyp und verdrehte genervt die Augen.

Irgendwie hatte ich das Gefühl, dass er mich nicht mochte.

»Ich kann auch *sofort* nach Hause gehen«, bot ich an.

»O no, no, no!«, rief Rick.

»Sieh mal schnell hell«, rief Rudi mir zu, was dem Publikum anscheinend gefiel, denn ein paar Leute lachten und klatschten. »Hier, was denkt unsere schöne Desirée wohl gerade«, fuhr er fort. »Pass auf, verrat nichts, Desirée. Was in deinem Kopf so los ist, verrät uns nämlich jetzt der Schnellhellseher.«

Die Zuschauer lachten.

Desirée kicherte.

Rick warf Rudi einen empörten Blick zu und sagte: »Sie sind eine *beast*, Mr. Jury-Star!«

»Aber im Moment geht es ausnahmsweise mal nicht um mich, sondern um unsere Mrs. Leonard«, erwiderte Rudi. »Also?« Er blickte mich erwartungsvoll an.

Leonard?

Noch ehe ich mit meiner Geschichte über die Polizei-Hellseherin beginnen konnte, hatte sich in meinem Kopf blitzschnell eine andere Geschichte zusammengesetzt, und urplötzlich war ich mir dermaßen sicher, was Desirée gerade dachte, als hätte ihre Stimme es mir eben erst ins Ohr geflüstert.

»Bitte, wie Sie wollen«, sagte ich ins Mikrofon. »Desirée fragt sich, was sie hier eigentlich soll. Sie denkt, warum sitze ich hier in diesem Fernsehstudio, wenn es meinem Sohn so schlecht geht. Sie ist müde, denn sie hat kaum geschlafen, weil er sich die ganze Nacht lang übergeben hat. Und sie würde am liebsten sofort nach Hause fahren, anstatt sich die Fahrpläne von japanischen Schnellzügen anzuhören … Sie will viel lieber wissen, wie es ihrem Kind geht. ›Das nervt doch alles total hier‹, denkt sie gerade.«

Im Saal herrschte Totenstille.

Desirée hatte Mund und Augen aufgerissen und starrte mich an.

Und dann brach sie in Tränen aus!

Sie schluchzte immer schlimmer und schließlich sprang sie auf und rannte durch den Saal zum nächsten Notausgang. Die hohen Absätze ihrer zitronenfalterfarbenen Schuhe klickerten über den schwarzen Fußboden. Laut wie ein Donnerschlag fiel die schwere Tür hinter ihr zu.

Rick und Rudi sahen sich verdutzt an.

Im nächsten Moment brach tosender Applaus los. Das Licht ging an, und ich sah, wie Tausende von Menschen von ihren Stühlen aufsprangen und klatschten, pfiffen und johlten!

»Das war Hammer, Hammer, Hammer!«, rief Rick.

Rudi blickte nachdenklich zum Notausgang hinüber. »Ich hab das echt nicht gewusst«, sagte er und drehte sich zum Publikum um. »Das hat sie niemandem erzählt.«

Ich sah, wie Rick zusammenzuckte und sich auf die Lippen biss.

Rudi sah mich herausfordernd an. »Na, und mein bester Freund hier?«, sagte er und zeigte auf Rick, der gerade einen Hustenanfall bekam. »Was denkt *der*? Das wollte ich sowieso schon immer wissen.«

Rick wurde eine Spur blasser, und schon wieder meldete sich in meinem Kopf eine Stimme, die mir verriet, was ein anderer gerade dachte.

Rick hatte Angst. Desirée hatte ihm von ihrem kranken Kind erzählt und ihn gebeten, es niemandem weiterzuerzählen. Aber Rick hatte sich nicht daran gehalten und es der Garderobenfrau erzählt.

Hellsehen war sehr viel einfacher, als ich gedacht hatte!

Der Applaus verstummte und alle setzten sich wieder hin. Von irgendwoher ertönte eine dramatische Melodie und ein heller Scheinwerfer flackerte suchend durch den Saal und fiel schließlich auf mich.

»Nein«, sagte ich. »Das sage ich nicht. Was Rick gerade denkt, ist nämlich privat und geht keinen was an. Er möchte nicht, dass ich es sage.«

»*O my God,* das stimmt!«, rief Rick.

Wieder brach grenzenloser Jubel los.

»Und es tut mir leid, dass ich das mit Desirées Sohn erzählt habe und sie deswegen weinen musste. Sagt ihr das bitte.«

»Hammer, Hammer, Hammer! Dieses Junge ist ooohn-glaub-lick!«

»Mar-KO! Mar-KO!«, riefen die Zuschauer.

Rudi grinste zu mir herüber. »Und weil das stimmt …«, er drückte auf einen roten Buzzer und eine Sirene heulte los, »… bekommt er ein silbernes Ticket, das ihn ohne Umweg ins Finale bringt!«

Von irgendwo über mir kam ein Geräusch, das wie mehrere hintereinander knallende Sektkorken klang, und im nächsten Moment umflatterte mich eine Wolke von silbernem Glitzerzeugs, und Trompeten schmetterten los, während Tausende von Stimmen brüllten:

»FIIINAAAALE! OH-HO-HO-HO!«

Wenn mein Vater noch da wäre, könnte ich ihn ab und zu nach seiner Meinung fragen. Das wäre sicher hilfreich. Zum Beispiel, wenn Mama etwas sagt oder tut, was ich einfach nicht kapiere. Nach meinem ersten Auftritt bei *Little Star* hätte ich ihn gern gefragt, was er von Mamas merkwürdiger Geschichte von der armen, kranken Tante in Rio de Janeiro hält.

»Hör doch auf mit der armen, kranken Tante in Rio de Janeiro!«, sagte Mama, als wir nach der Show endlich draußen auf der Straße standen und auf den Bus warteten. »Lass uns lieber feiern gehen! Du warst einfach fantastisch! Ich bin so *unglaublich* stolz auf dich!«

»Aber wieso hast du das erzählt? Ich habe die ganze Zeit überlegt, ob ich *wirklich* eine Tante in Rio de Janeiro habe, von der ich gar nichts weiß …«

Mama lachte. »Ach, Unsinn! Wie kommst du darauf?«

»Weil du es erzählt hast.«

»Dicki, das gehört einfach dazu!«, rief Mama und wuschelte mir lachend durch die Haare. »*Alle*, die bei solchen Shows mitmachen, erzählen traurige Geschichten … Damit die Leute Mitleid kriegen. Glaub mir, das ist gut für dich. Dann rufen im Finale viel mehr für dich an.«

Erst in diesem Moment wurde mir klar, was *Finale* eigentlich bedeutete: Ich würde ein zweites Mal auftreten müssen!

Meine echte Tante, die zum Glück noch nie operiert werden musste, kam zwei Tage nach unserer Rückkehr aus Köln zu Besuch, was sehr ungewöhnlich war. Tante Mona besucht uns so gut wie nie, weil sie auf Rügen eine Arztpraxis hat, da kann sie schlecht weg. Und wir fahren nur ganz selten hin, weil Mama nicht so viel Urlaub hat, und außerdem nervt es sie, dass ihre große Schwester immer alles besser weiß. Trotzdem telefonieren die beiden ziemlich oft, besonders seit meine Großeltern tot sind. »Ich hab ja nur noch Mona, mehr Familie ist nicht«, sagt Mama immer. »Und was ist mit mir?«, erinnere ich sie dann, worauf sie jedes Mal »Ach, stimmt ja!« sagt und kichert, damit ich merke, dass sie mich nur ärgern will.

Tante Mona sieht Mama kein bisschen ähnlich und zieht sich auch ganz anders an – vor allem nicht so bunt. Von allein würde bestimmt niemand auf die Idee kommen, die beiden könnten Schwestern sein.

Wir saßen in einem kleinen Café im Bergmannkiez und Tante Mona hielt ihren Rücken kerzengerade, nippte an ihrem Tee und umschloss den Becher dabei mit beiden Händen, als wäre gerade gar nicht Sommer in Berlin, sondern ein kalter Wintertag auf Rügen, an dem man sich die klammen Finger wärmen muss.

»Wegen dir habe ich zum ersten Mal seit fast hundert Jahren wieder ferngesehen«, sagte sie, lächelte mich an und blies in ihren Tee.

Ich merkte, dass die Leute von den Nachbartischen bewundernd zu ihr rüberschauten, besonders die Männer. Vielleicht ja, weil bei Tante Mona alles immer elegant aussieht, echt jede Bewegung. (Mama sagt immer, ihre Schwester tut so, als wäre sie Ballett-tänzerin.) Die dunkelbraunen Haare hatte sie zu einem kleinen Dutt zusammengebunden, sie trug ein langes, braunes Kleid und dazu flache Schuhe – Ballerinas.

»Was glotzen die vom Nachbartisch denn so doof!«, blaffte Mama.

Mona lächelte und nippte.

Ich musste grinsen. »Und was hast du gedacht, als Mama das mit der Tante in Rio de … He!«

Mama schubste mich, dass mir fast die Kirsche vom Eislöffel fiel. »War er nicht toll?«, sagte sie stolz. »Ich habe ein Hellseherkind!«

»Gratuliere«, sagte Tante Mona. »Klappt das denn jedes Mal, wenn du es probierst?«

»Nein«, antwortete ich.

»Aber vielleicht ja doch, wenn du ein bisschen übst«, schlug Mama vor. »Du könntest es mit Fußballwetten probieren. Oder noch besser: mit Lotto!«

Tante Mona runzelte die Stirn.

»Oder von mir aus mit dem Wetter. Oder die Gedanken meiner Chefin lesen. Zum Beispiel würde ich gerne mal wissen, was sie mit dem Salon *wirklich* verdient ... Hm?«

»Nein.«

»Aber *warum* denn nicht?«, rief Mama enttäuscht.

Zum Glück mussten wir nicht darüber diskutieren, weil im nächsten Moment ein Mädchen an unseren Tisch trat und meinte, sie hätte mich im Fernsehen gesehen und ob ich ihr nicht ein Autogramm geben könnte ... Die nächsten fünf Minuten verbrachten wir damit, einen passenden Stift zu suchen, und als ich ihr am Ende auch noch auf den Arm schreiben sollte, wurde ich rot, denn sie war ungefähr so alt wie ich und ihr Lächeln und ihr Arm waren wunderschön.

Am Abend zeigte ich Tante Mona mein Zimmer – bei ihrem letzten Besuch war ich acht gewesen und damals hatten wir noch in Neukölln gewohnt.

»Schön«, sagte sie und warf einen neugierigen Blick auf die Seiten mit den vielen kleinen Fotos verschwundener Personen, die über meinem Schreibtisch hingen. Ich hatte sie bei meinem letzten Zahnarztbesuch heimlich aus einer Zeitschrift rausgerissen.

»Jedes Jahr verschwinden in Deutschland 100 000 Personen«, sagte ich. »Aber viele tauchen irgendwann dann wieder auf.«

»Das wusste ich nicht«, sagte Tante Mona. »Und was machst du mit den Fotos?«

»Ich versuche mir die Gesichter einzuprägen. Und wann immer es geht, schaue ich, ob ich irgendjemanden wiedererkenne. Beim Warten an der Bushaltestelle zum Beispiel. Oder im Schwimmbad. Man weiß ja nie, was so alles passiert. Aber bei Kindern ist es wirklich schwer. Die könnten inzwischen ja ganz anders aussehen.«

»Und *hast* du schon mal jemanden wiedererkannt?«, fragte Tante Mona.

Bisher war es nur ein einziges Mal passiert. Ich erzählte ihr, wie sich eines Morgens in der U-Bahn genau gegenüber von mir ein Mann hingesetzt hatte, der exakt wie der Dritte von rechts auf der ersten Seite aussah. Nur seine Haare waren ein bisschen grauer gewesen als auf dem Bild. »Entschuldigen Sie, ich glaube, Sie werden vermisst«, hatte ich zu ihm gesagt. »Melden Sie sich bitte. Sachdienliche Hinweise nimmt jede Polizeidienststelle entgegen.« Der Mann hatte mich böse angeguckt und war ausgestiegen.

Tante Mona lachte.

»Manche *wollen* ja leider auch vermisst sein«, sagte ich.

Ich zeigte ihr meinen allerheiligsten Schatz, den ich kurz vor unserem letzten Umzug in einem Stoffbeutel auf dem Speicher gefunden hatte: einen komischen kleinen, schwarzen Kasten mit abgerundeten Ecken, beschriftet mit seltsamen Zahlentabellen und so einer Art Pendel, das hin- und herschwingen kann und dabei dann laute Klackgeräusche macht.

»Oh, ein Metronom«, sagte Tante Mona.

Ich starrte sie verdutzt an. »Wie, du *kennst* das?«

Als ich Mama damals fragte, was für ein Ding das sei, zuckte sie nur mit den Schultern und konnte sich auch nicht erklären, wo es herkam. Aber als ich ihr den Stoffbeutel zeigte, meinte sie, der hätte meinem Vater gehört, also gehörte das schwarze Ding ihm sicher auch. Greg, der echt *alles* weiß, hatte mir dann erklärt, was es ist. Seither bewahre ich den alten Stoffbeutel mit dem Metronom in einem Karton unter meinem Bett auf. Es ist das Einzige, das ich von meinem Vater habe – die anderen Sachen hat Mama bei irgendeinem unserer vielen Umzüge weggeworfen.

»Dein Vater hat es bestimmt zum Üben benutzt«, sagte Tante Mona.

»Zum Üben? Was denn üben?«

»Schlagzeug natürlich.«

»Er hat Schlagzeug gespielt?«, fragte ich verblüfft.

Tante Mona nickte.

»Und was hat er sonst noch so gemacht?«

»Ich weiß leider nicht sehr viel über deinen Vater ...«, sagte sie, und im nächsten Moment kam Mama herein und sagte, das Essen sei fertig, und wir sollten schnell ins Wohnzimmer kommen, sonst würde alles kalt.

Mein Vater würde sich bestimmt an dieses Metronom erinnern. Es ist ein Erkennungszeichen und die sind wirklich wichtig. Saaro und seine Mutter hätten sich nach so langer Zeit auch fast nicht erkannt. Saaro war ja längst erwachsen und konnte auch nicht viel erklären, weil sie seine Sprache nicht verstand. Aber dann erkannte seine Mutter ihn, und zwar an einer Narbe auf der Stirn. Als kleiner Junge war er nämlich vor einem Hund geflüchtet, dabei gestolpert und mit dem Kopf auf einem Stein aufgeschlagen. Saaros Mutter hatte die Wunde damals selber verbunden.

Übrigens habe ich auch eine Narbe, nämlich am Knie. Aber das ist leider erst passiert, als mein Vater schon verschwunden war.

In der Nacht nach dem Gespräch mit Tante Mona schlief ich sehr schlecht. Und irgendwann wachte ich plötzlich auf und wusste genau, was ich gerade geträumt hatte:

Es klingelt an der Haustür und ich mache auf. Vor mir steht ein langhaariger, fremder Mann, den ich nicht kenne. Er hat eine Dolmetscherin dabei. »Dieser Mann hier ging vor vielen Jahren morgens Schrippen holen«, sagt sie zu mir. »Vor dem Haus stand ein schwarzer Wagen mit dunklen Scheiben, und es stiegen zwei Männer aus, die ihn zwangen, in den Wagen zu steigen. Dann fuhren sie mit ihm zum Flughafen und flogen nach Tasmanien. Dort musste er viele Jahre bei einem fiesen Boss in einer Fabrik arbeiten. Erst vor drei Wochen gelang ihm die Flucht.« Der Fremde lächelt mich an und flüstert der Dolmetscherin etwas zu. »Er sagt, er hat früher mal Schlagzeug gespielt und beim Üben immer ein schwarzes Metronom benutzt ... Und er sucht seinen Sohn.«

Als Greg und ich uns am nächsten Tag im Schwimmbad trafen, redete er von nichts anderem als von *Little Star*. Es sei die beste Folge aller Zeiten gewesen, und dass Desirée heulend aus dem Saal rennt, das hätte es echt noch nie gegeben. Ich sei phänomenal gewesen und würde das Finale ganz bestimmt gewinnen.

Wir lagen auf der Streifendecke und ließen uns in der Sonne braten.

»Aber ich *will* gar nicht gewinnen«, erwiderte ich.

»Was?« Er guckte mich entsetzt an. »Wieso denn nicht, bist du *verrückt?*«

»Mich nervt das alles«, sagte ich. »Gestern stand in der Zeitung was über den Glücksjungen mit dem Herz aus Gold und seine arme, kranke Tante in Rio de Janeiro! Und meine Mutter nervt die ganze Zeit, wir müssten dringend Lotto spielen.«

»Na und? Ich würde auch Lotto spielen, wenn ich hellsehen könnte!«

»Leider werden meine Hellsehkräfte schwächer«, verkündete ich. »Das merke ich ganz deutlich. Gestern verrieten mir meine Stimmen, dass es heute regnen würde … und nun scheint die Sonne. Da siehst du's.«

»Oh«, sagte Greg. »Wie schade.« Er seufzte. »Aber bis zum Finale sind deine Stimmen vielleicht ja wieder fit?«

Fürs Finale hatte ich längst einen Plan gefasst: Ich würde einfach irgendeinen Quatsch erzählen und hinterher gestehen, dass meine Stimmen sich entschlossen hätten, für immer zu schweigen. Dann würden mich alle ausbuhen und nach Hause schicken und ich hätte endlich meine Ruhe.

Seitdem wich ich jedes Mal aus und wechselte das Thema, wenn Greg mich nach meinen hellseherischen Fähigkeiten fragte. Den Rest der Sommerferien zogen wir zusammen durch Berlin, gingen schwimmen und pilgerten einmal auch zur neuen Schule, um über die Ziegelmauer einen Blick in den Pausenhof zu werfen.

Am ersten Tag wurden wir schon vor dem Schultor verblüffend herzlich empfangen, obwohl wir niemanden kannten. »Mar-KO! Mar-KO!«, riefen die Schüler, die sich um uns drängten, und Greg lächelte und meinte, na bitte, er wäre offensichtlich nicht der Einzige, der *Litte Star* guckte.

Ich fing schon ernsthaft an zu überlegen, ob ich nicht doch versuchen sollte, das Finale zu gewinnen, besonders als wir Elena trafen, die wieder mit uns in dieselbe Klasse ging. Sie war total nett zu mir und wollte alles über meinen Auftritt wissen, und dann wollte sie sogar neben mir sitzen, am selben Zweiertisch, aber da meinte Greg sehr uncharmant, das könne sie aber ganz zackig wieder vergessen, weil *er* nämlich neben mir säße und überhaupt schon *immer* neben mir gesessen hatte, damit das mal klar sei!

Ich war echt verdutzt, denn normalerweise ist Greg echt die Freundlichkeit in Person.

Unser Klassenlehrer, Herr Bender, war sehr jung und schwungvoll und trug ein grünes Jackett. (Und außerdem guckte er offenbar *Little Star.*)

»Guten Morgen, 7a … Oh, der Hellseher«, sagte er, als er mich in der ersten Reihe entdeckte. »Bitte vergesst nicht, dass wir hier eine ganz normale Schule sind, mit ganz normalen Kindern.«

Herr Bender wollte erst einmal die Liste im Klassenbuch vervollständigen, weil wir mehr waren als erwartet. Doch es gab ein kleines Problem.

»Oh. Ich vermisse meinen Füller …«

Er sah in seiner Tasche nach, holte ein Etui heraus, das aber leer war, und sah ein zweites Mal in seiner Tasche nach.

»Ich muss mir einen neuen kaufen … Ja, Marko?«

»Tun Sie's nicht«, sagte ich. »Dinge, die man vermisst, tauchen sehr oft wieder auf. Menschen übrigens auch. Letztes Jahr hat man im Kanal eine Frau gefunden, die beim Simsen einfach so weiterlief, ohne auf den Weg zu achten, und deswegen ins Wasser fiel. Weil Winter war und sie so schwere Stiefel anhatte, ging sie sofort unter und galt seither als vermisst. Bis sie nach ein paar Monaten wieder auftauchte.«

Die Klasse lachte und Elena rief: »Igitt.«

»So lange kann ich leider nicht warten«, sagte Herr Bender.

Aus der vorletzten Reihe meldete sich ein Schönling mit langen Wimpern und braunen Prinzenlocken.

»Aber Marko ist doch Hellseher«, sagte er. »Dann wird er ja wohl wissen, wo Ihr Füller ist!« Er lachte dämlich, als hätte er einen tollen Witz gerissen, und grinste spöttisch zu mir rüber.

»Stimmt ja«, sagte Herr Bender. »Weißt du, wo mein Füller ist, Marko?«

»Leider werden meine Hellsehkräfte schwächer …«

»Och, wie traurig!«, rief der Schönling.

»… aber sehen Sie doch mal in der Innentasche nach.«

Herr Bender griff in die Innentasche seines Jacketts und stutzte. Und als er die Hand wieder herauszog, kam tatsächlich der Füller zum Vorschein!

Die ganze Klasse pfiff und applaudierte und Greg

rief: »JA! Fiiinaaale!«, und stieß mir seinen Ellbogen in die Rippen. Er war völlig aus dem Häuschen.

»Erstaunlich«, sagte Herr Bender.

Die große Pause verbrachte ich damit, pausenlos Autogramme auf Hände und Arme zu kritzeln, und Greg teilte die Schüler in gleich große Warteschlangen ein und passte auf, dass sie nicht an meinem T-Shirt zogen. Zwischendurch flüsterte er mir ins Ohr: »Wenn du ab sofort für jedes Autogramm 50 Cent nimmst, hast du bald ein Smartphone!«

Ich lachte. »Wenn ich irgendwann mal einen Manager brauche, bist du es.«

»Du brauchst *jetzt* schon einen.« Er schubste einen kleinen Jungen zurück, der sich vorgedrängelt hatte. »HE! NICHT KLOPPEN DAHINTEN!«

Nach der Pause wurde ich von meiner netten neuen Klasse zum Klassensprecher gewählt, mit einundzwanzig Stimmen für mich und fünf Gegenstimmen für den Schönling, der Adrian hieß. Die letzte Stimme für mich erklärte Herr Bender allerdings für ungültig, weil in dem Karton sechsundzwanzig Zettel lagen, obwohl wir nur fünfundzwanzig Schüler waren.

»Ich weiß ja nicht, wer das war«, sagte er und warf Greg einen strengen Blick zu. »Aber so was nennt man Wahlbetrug!«

In den Ferien hatten Greg und ich damit angefangen, kreuz und quer durch die Stadt zu fahren und uns gegenseitig unsere Lieblingsstellen zu zeigen, immer abwechselnd. Gregs absolutes Highlight war bislang das Sonycenter, weil es abends aussieht wie ein buntes Raumschiff, das sich verflogen hat und auf dem falschen Planeten parkt. Und ich fand die große Treppe am Reichstag toll. Sie führt zur Spree hinunter, und man kann dort gemütlich sitzen und die Sightseeing-Dampfer beobachten, die den schlängeligen Fluss entlangschippern.

An dem Tag meiner Wahl zum Klassensprecher war Greg dran: Wir fuhren mit der S-Bahn ein ganzes Stück Richtung Süden. Greg führte mich vom Bahnhof durch ein längeres Waldstück, und dann traten wir irgendwann ins Freie und standen auf einer Anhöhe, von der man auf einen riesigen Autoschrottplatz hinunterblickte. Große Maschinen mit monstermäßigen Greifkrallen packten alte Autos und warfen sie in eine Presse, wo sie zermalmt wurden wie kleine Leckerbissen im Maul eines Dinosauriers.

Krachen, Ächzen, Scheppern und Scherbengeklirr erfüllte die Luft – Geräusche der Zerstörung, ununterbrochen.

Wir setzten uns auf die Wiese und schauten fasziniert zu. Greg erzählte, dass das hier früher der Lieblingsplatz seines Vaters gewesen war. Auf dieser

Wiese hatten sie oft zusammen gesessen und auf den Sonnenuntergang gewartet.

»Als ich noch klein war, hatten wir da drüben mal eine Laube.« Er deutete nach links, wo in einiger Entfernung ein paar baufällige Holzhütten standen, eingezäunt mit Maschendraht, durch den sich Brombeerranken fädelten.

»Seit es den Autoschrottplatz gibt, kommt keiner mehr her und die Lauben rotten vor sich hin. Eigentlich sollten sie längst abgerissen werden.«

Unterhalb von uns zermalmte das Dino-Maul gerade einen alten Opel.

»Zack! Kaputt!«, rief Greg.

Nach der Scheidung war sein Vater mit der großbusigen Blonden nach Hamburg gezogen, und Greg fuhr jedes zweite Wochenende hin, um ihn zu besuchen – so viel wusste ich.

»Wie ist es denn so in Hamburg?«, fragte ich.

»Beschissen.«

»Oh.«

Er starrte eine Weile schweigend auf den Schrottplatz.

»Mein Vater und seine Freundin haben ein Kind bekommen, vor einem halben Jahr.«

Das hatte ich nicht gewusst.

»Jetzt habe ich eine Schwester. Aber die ist die ganze Zeit nur am Brüllen, und wenn ich da bin, gucke ich immer nur zu, wie sie alles Mögliche anstellen, damit die Brüllerei endlich aufhört.«

»Blöd«, sagte ich.

»WAMM! Hast du das gesehen? Wie die Scheibe rausprang? Mannomann!«

Wir saßen noch lange da und betrachteten das Maul des Dinosauriers. Jedes Mal, wenn es zuschnappte, war ein Knallen und Knirschen zu hören, Staub und Dreck schoss nach oben und wirbelte im hellen Licht wie kleine Wolken aus Blütenpollen. Langsam senkte sich die Sonne auf die Autowracks, und ich fand, dass es irgendwie was Beruhigendes hatte, dabei zuzugucken, wie diese Monstermaschinen dort unten ihre Arbeit taten. Wenn die Autos aus der Presse kamen, waren sie rechteckige Klumpen, die fast gleich aussahen und sich wunderbar stapeln ließen. Dadurch entstand in all dem Durcheinander wieder ein kleines bisschen Ordnung. Irgendwie schön. Mir lief ein warmer Schauer über den Rücken, und ich war echt froh, dass Greg mir diese Lieblingsstelle gezeigt hatte.

Ungefähr tausend Millionen Watt starke Scheinwerfer strahlten mich an und im Saal war es totenstill – bis auf ein paar nervöse Hustenanfälle im Halbdunkel des Zuschauerraums. Dann hörte ich, wie Mamas Stimme in der ersten Reihe »Marko!« rief. (Gott sei Dank rief sie nicht »Dicki!«)

Ich war dermaßen entspannt, als hätte mir jemand eine Beruhigungsspritze verpasst. Das alberne Finale interessierte mich nicht die Bohne, und die Gewissheit, dass ich rausfliegen würde, nahm mir allen Druck. Mir war, als würde ich immer noch mit Greg auf dieser Wiese sitzen und in das Maul eines Dinosauriers starren, der mir absolut nichts anhaben konnte.

Neben mir stand der nette Lukas, dem es offensichtlich ganz anders ging als mir. Seine Hand, in der er ein paar Notizkarten hielt, war total am Zittern. Seit der Erkrankung eines Kollegen war der nette Lukas nämlich vom Klemmbretthalter zum Vertretungsmoderator befördert worden, und hatte nun die Aufgabe, die Kandidaten möglichst witzig anzukündigen. Greg fand ihn für diesen Job allerdings ungeeignet, und Rudi, der Jury-Chef, schien derselben Meinung zu sein, denn eine halbe Stunde vor Beginn der Sendung hatte ich in der Garderobe mitbekommen, wie er Lukas gebeten hatte, beim Ansagen doch heute ausnahmsweise einmal witzig zu sein, etwas weniger zu stottern und nicht dauernd »äh« zu sagen …

Ich blickte zur Seite und sah, wie dem netten Lukas kleine Schweißbäche übers Gesicht liefen, und als sein Witz über Hellseher und Dunkelseher beim Publikum nicht so recht ankam, begann seine Hand noch heftiger zu zittern. Er tat mir richtig leid.

Desirée, die diesmal ein grünes Glitzerkleid anhatte, lächelte verlegen, während Lukas sich in seinem nächsten Satz verheddderte und dabei dreimal »äh« sagte.

»Also, ich übersetz dieses Gestammel mal eben, damit die Zuschauer endlich kapieren, worum es geht«, unterbrach ihn Rudi, der zur Feier des Finales ganz in Gold erschienen war. (Sogar seine Schuhe und die Krawatte schimmerten golden.) »Pass auf, Marko: Gleich schieben ein paar nette Helfer hier ein paar Gegenstände auf die Bühne, mit denen dann etwas ganz Bestimmtes passieren wird. Den genauen Ablauf kennen nur wir und wir haben ihn ungefähr hundertmal geprobt, aber da du ja hellsehen kannst, sollst du uns natürlich *vorher* sagen, was passiert. Alles klar?«

Ich nickte.

»Genau«, sagte der nette Lukas. »Also dann ... dann kommen jetzt die Gegenstände. Ach so, Applaus bitte.«

Musik erklang, die Zuschauer klatschten im Takt, und auf der Bühne erschienen zwei Männer, die ein riesiges Glasbecken voll Wasser hereinrollten. Ein dritter Mann brachte einen Hula-Hoop-Reifen, ein vierter eine Puppe mit langen, blonden Haaren und ein fünfter einen Fußball.

Den Zuschauern schienen die geheimnisvollen Gegenstände zu gefallen, denn sie fingen an zu jubeln und zu pfeifen.

Mir kam das Ganze etwas merkwürdig vor.

»*And now* ...«, sagte Rick und hob die Hand, wodurch der Applaus augenblicklich verstummte. »*And now* ... Unsör Frage lautet: *Was* passiert mit alle diese Gegenstände und ... UND!« Er machte eine Pause, um die Spannung zu erhöhen. »*Wer* macht etwas mit diese Gegenstände? ... UND!« Er hob die Augenbrauen. »In welches ... *Reihenfolge!*«

Ich zuckte lässig mit den Schultern.

»Keine Ahnung ... Ich vermute mal ...« Für einen kurzen Moment begann ich zu grübeln, aber dann sagte ich einfach, was mir gerade einfiel: »Das Wasserbecken läuft aus, die Puppe wird nass, der Fußball schwimmt weg und der Reifen dreht sich um sich selbst.«

Lukas starrte mich mit offenem Mund an.

Rick und Rudi grinsten.

Desirée lachte und ihre Augen funkelten mit ihrem Glitzerkleid um die Wette. Sie wirkte erholt – anscheinend ging es ihrem Sohn inzwischen wieder gut.

Das Hauptlicht ging aus, ein greller Scheinwerfer fiel auf das Wasserbecken und Musik ertönte – Trompetenmusik, die irgendwie nach Zirkus klang. Und im nächsten Moment hörte ich hinter der Bühne ein Geräusch, das mir sofort verriet, was als Nächstes passieren würde. Leider ein paar Sekunden zu spät. (Seltsamerweise ärgerte ich mich, dass das Geräusch nicht früher zu hören gewesen war. Obwohl es mir eigentlich ja egal sein konnte.)

Es war das kurze Bellen einer Robbe. Wahrscheinlich ein Seelöwe, dachte ich mir. (Weil Robben im Showgeschäft nämlich meistens Seelöwen sind, hatte mir Greg erzählt.)

Kein Zweifel, wenn die Musik zu Ende war, würde dieser Seelöwe auf die Bühne watscheln, ins Wasserbecken springen und hinterher die Puppe, den Reifen und den Fußball auf der Nase balancieren.

Oder er würde erst den Fußball, *dann* die Puppe und *dann* den Reifen auf der Nase balancieren.

Oder er würde den Reifen ins Maul nehmen, dabei die Puppe auf der Nase balancieren und den Ball mit einer Flosse elegant ins Wasser werfen.

Oder … Egal. Jedenfalls irgendwie so was in der Art.

In diesem Moment wurde mir klar, dass ich ohnehin nie im Leben erraten würde, was der Seelöwe mit den Dingen auf der Bühne anstellte. Und schon gar nicht, in welcher Reihenfolge.

Kurz darauf merkte der nette Lukas offenbar, dass er einen Fehler gemacht hatte und noch neben mir stand, obwohl er inzwischen eigentlich woanders stehen sollte. Erschrocken zog er den Kopf ein, damit die Kamera ihn nicht mitfilmte. Dann schlich er sich geduckt davon.

Aus den Lautsprechern ertönte der letzte Tusch und ich wartete auf den Seelöwen.

Doch er kam nicht.

Denn ehe die Schiebetür zur Bühne beiseiteglitt, stolperte Lukas und schrie auf, als hätte er sich wehgetan. Für einen kurzen Moment verlor er das Gleichgewicht, fing sich aber gerade noch und taumelte zurück auf die Bühne, wo er mit voller Wucht gegen das Wasserbecken knallte.

Das Becken rollte schwappend ein Stück weiter und überfuhr die kleine Stufe, die zum Laufsteg hinunterführte. Es schwankte kurz, wie ein Betrunkener an einem Steilhang – dann kippte es um und schlug krachend auf.

Der Rest lief ab wie ein Film, den man schon kennt:

Ein ungeheurer Wasserschwall ergoss sich auf den hinteren Teil der Bühne.

Die Puppe wurde nass.

Der Ball schwamm davon.

Und der Hula-Hoop-Reifen geriet in einen Strudel und begann sich wie wild um die eigene Achse zu drehen, ehe er in den Stromschnellen einer Mini-Tsunamiwelle auf den Jurytisch zuraste …

Kann man hellsehen, ohne hellsehen zu können? Ich habe echt lange darüber nachgedacht und bin zu dem Schluss gekommen, dass man hellsehen kann, wenn die Leute *glauben,* dass man hellsehen kann. Besonders, wenn sie vor irgendetwas Angst haben. Das ist der »Lukas-Effekt«.

Der nette Lukas war wirklich nett. Aber er war leider sehr ängstlich und wollte auf keinen Fall etwas falsch machen. Und er glaubte felsenfest daran, dass genau das passieren würde, was ich gesagt hatte. Und dass es bestimmt *seine* Schuld sein würde (obwohl ich das *nicht* gesagt hatte), weil einfach immer *alles* seine Schuld war und er nichts richtig machte und der Jury-Chef ihn nach der Sendung bestimmt rausschmeißen und für die nächste Show einen anderen Klemmbretthalter engagieren würde. Und weil Lukas so fest daran glaubte, passierte es tatsächlich.

Interessant eigentlich.

Ich habe im Internet nachgeguckt und rausgefunden, dass dieses Phänomen schon längst entdeckt wurde. Man nennt es »self-fulfilling prophecy« (der Entdecker war Amerikaner), was auf Deutsch »sich selbsterfüllende Prophezeiung« heißt und bedeutet, dass eine Voraussage praktisch wie von selber in Erfüllung geht. Tante Mona sagt, so eine sich selbsterfüllende Prophezeiung muss nicht jedes Mal in einer Katastrophe enden, sondern kann manchmal auch ganz praktisch sein. Wenn sie zum Beispiel in ihr Auto steigt und beim Losfahren felsenfest daran glaubt, genau dort, wo sie ankommen wird, einen Parkplatz zu finden, dann findet sie auch einen. (Was auf Rügen aber sicher eh nicht so schwierig ist.)

Das Finale von *Little Star* endete jedenfalls im totalen Chaos.

Als die Wasserwelle den Tisch der Jury erreichte, kreischte Desirée auf und kletterte auf die Tischplatte, um ihre teuren grünen Glitzerschuhe zu schonen. Rudi stieß einen Fluch aus, Rick rief »No!« und starrte ungläubig auf die Bühne, und der arme Lukas brüllte wie am Spieß, weil er sich bei seinem Sturz gegen die Scheibe eine Platzwunde zugezogen hatte.

Das Publikum drehte völlig durch und trampelte und schrie vor Begeisterung. Ich sah, wie Mama in der ersten Reihe jubelte und tanzte und Toxy um den Hals fiel, und im nächsten Moment öffnete sich die

Schiebetür, und zwei Sanitäter, zwei Seelöwen und ein Robbentrainer erschienen auf der Bühne, was den Zuschauern noch viel besser gefiel und tausendfaches Gelächter auslöste. Die beiden Sanitäter rannten mit einer Bahre zu Lukas, und der Robbentrainer hob wie ein Verkehrspolizist kerzengerade seinen Arm und blies in eine Trillerpfeife, worauf die Seelöwen tatsächlich stehen blieben und sich nach ihm umblickten. Und als der Trainer den Arm senkte, Richtung Ausgang zeigte und zum zweiten Mal trillerte, wackelten die Seelöwen in Windeseile wieder zurück, gefolgt von den beiden Sanitätern mit Lukas auf der Bahre.

Das Publikum applaudierte und der Robbentrainer verbeugte sich kurz und verließ ebenfalls eilig die Bühne.

Ich war als letzter Kandidat aufgetreten und nach der Werbepause und einer kurzen Show mit Comedy-Queen Mandy Monakko wurde ich von über achtzig Prozent aller Anrufer zum *Little Star 2011* gewählt. Goldschnipsel flatterten von der Decke, das Publikum sang im Chor »Ooooh, wie ist das schööön!« und schunkelte und Mama stürzte auf die Bühne und knutschte mich vor laufenden Kameras ab. Als sie mich endlich losließ, rannte ich durch die Schiebetür hinter die Bühne und fragte jeden nach dem netten Lukas, aber niemand wusste, was mit ihm passiert war, und seltsamerweise schien es auch niemanden zu interessieren.

Nach dem Finale gab sich Greg eine Woche lang alle Mühe, auf dem Pausenhof der Schule für Ordnung zu sorgen, doch es war zwecklos. Mädchen rissen sich an den Haaren und Jungen prügelten sich, um schneller an ein Autogramm zu kommen oder einen halben Meter dichter neben mir zu stehen. Ein paar Mal rückte die Polizei an, und erst als der Rektor in allen Klassen über Lautsprecher verkündete, dass ich die Schule bedauerlicherweise verlassen müsste, wenn das Chaos nicht auf der Stelle aufhöre, wurde es besser. Allerdings nur auf dem Schulgelände. Die meisten Kämpfe gingen nachmittags auf dem Nachhauseweg oder morgens auf dem Weg zum Unterricht weiter, sodass weiterhin eine beträchtliche Anzahl von Schülern mit blauen Flecken, dicken Lippen und geschwollenen Augen in den Klassenräumen saß.

Bei uns zu Hause quoll der Briefkasten über, und das Telefon klingelte von morgens bis abends, bis Mama entnervt das Kabel aus der Wand riss und das Telefon samt AB in den Mülleimer warf. Ab da telefonierten wir nur noch mit Handys, die Geheimnummern hatten. (Ich bekam endlich mein Smartphone! Mit Super-AMOLED Touchscreen, 16 Millionen Farben und Kamera mit LED-Blitz und Gesichtserkennung.)

In den Zeitungen standen fast täglich längere Artikel über mich und Mama und meine erfundene brasilianische Tante, der es nach der geglückten Operation nun mit jedem Tag wieder besser ging. Über den wirklich existierenden Lukas dagegen fand ich nur einen superkurzen Bericht. Man hatte ihn wegen der Platzwunde ins Krankenhaus eingeliefert, wo sie genäht worden war. Danach durfte er wieder nach Hause, wurde jedoch gleich am nächsten Tag mit einem Nervenzusammenbruch wieder eingeliefert, weil der Fernsehsender ihn entlassen hatte.

Von *Vero-TV* rief neuerdings fast täglich ein Mann namens Presser an, um mit Mama wichtige Dinge zu besprechen.

»Schatz, in den Herbstferien hast du dreiundzwanzig Auftritte, da sind auch sechs Talkshows dabei, ist das nicht herrlich?«, sagte sie nach einem dieser Anrufe.

»Was denn für Auftritte?«, fragte ich verwirrt.

Mama guckte auf ihren Notizzettel. »Schlosspark-Theater, Theater des Westens, Waldbühne ...«

»*Waldbühne?*« In der Waldbühne waren wir erst ein einziges Mal gewesen, bei einem Rockkonzert. Die Waldbühne ist absolut *riesig!* »Kommt nicht infrage, vielen Dank. Ich trete nirgendwo mehr auf.«

Mama wurde blass. »Aber Dicki, das geht nicht.«

»Doch, das geht«, sagte ich.

Am nächsten Tag klingelte mitten im Unterricht mein Smartphone.

»Ja?«, flüsterte ich.

»*Vero-TV,* Presser mein Name. Guten Tag, Marko! Wir arbeiten seit kurzem zusammen, ich bin dein Manager.« Anscheinend hatte Mama ihm meine Nummer verraten.

Frau Ziegler, die Mathelehrerin, schaute mich vorwurfsvoll an. Handys waren im Klassenraum eigentlich streng verboten.

»Der Manager«, sagte ich leise und deutete mit verzweifelter Miene auf mein Smartphone.

Sie nickte verständnisvoll und zeigte zur Tür. Ich lief eilig auf den Korridor hinaus.

»Äh, könnten Sie später noch mal anrufen, Herr Presser? Wir schreiben gerade eine Mathearbeit.«

»Oh, es dauert nicht lang. Wie ich höre, willst du deinen Verpflichtungen nicht nachkommen ...«

»Wie meinen Sie das?«

»Du hast vor der ersten Show unterschrieben, später aufzutreten, falls du die Show gewinnen solltest.«

»Das habe ich nicht gewusst.«

»Tja, dann hättest du deinen Vertrag lesen müssen. Wenn du nicht auftrittst, gibt es leider Ärger.«

»Was denn für Ärger?«

»*Schlimmen* Ärger. Sonst noch Fragen?«

Ich schluckte. »Nein ... Das heißt, eigentlich doch:

Wenn in einem Dreieck der eine Winkel doppelt so groß ist wie der dritte und der zweite dreimal so groß ist wie der dritte – welches Maß hat dann der kleinste der drei Winkel?«

Herr Presser legte auf.

In der großen Pause bahnte Greg mir einen Weg durch die drängelnden Schüler. Alle zwei Sekunden rief irgendwo irgendjemand meinen Namen. Inzwischen beachtete ich es gar nicht mehr.

»Weißt du eigentlich, wo Elena ist?«, fragte ich. »Ich hab sie schon seit Tagen nicht mehr gesehen.«

Greg schüttelte den Kopf und zog mich durch den Stau am Hauptausgang zum Hof. Wir gingen hinüber zum Musikanbau, einer kleinen Baracke mit dünnen Wänden und schrägem Dach, in der Musik unterrichtet wurde und außer den Instrumenten noch ein paar alte selbstgemalte Kulissen der Theatergruppe lagerten. Rektor Kieser hatte mir netterweise angeboten, den Raum in den großen Pausen zu nutzen, damit ich dort wenigstens für kurze Zeit meine Ruhe hatte – den Schlüssel durfte ich mir vorher jedes Mal im Lehrerzimmer abholen.

Wenig später kam der Pizza-Service und brachte uns zweimal dampfende Pizza Salami mit Salat und großer Cola. (Die *Pizza-Flitzer*-App hatte ich morgens erst neu entdeckt und nach der Mathearbeit gleich ausprobiert. Die Lieferung war zwar etwas teuer, aber es funktionierte einwandfrei.)

Während wir in unsere Pizza bissen, drückten sich draußen ein paar neidische Schüler die Nasen an der Scheibe platt und glotzten.

Greg zog die Vorhänge zu und drückte auf den Lichtschalter.

»Wer war denn das vorhin in der Mathearbeit?«, fragte er.

Ich berichtete ihm von meinen Problemen mit Herrn Presser.

»Aber es wäre doch toll, wenn du noch mal auftrittst«, meinte Greg.

»Wäre es nicht«, sagte ich. »Weil ich nämlich nur noch auf Reisen wäre, und dann könnten wir uns in den Herbstferien nicht treffen.«

Greg ließ seine Pizza auf die Pappe fallen und wischte sich die Hände ab. »Gib mir mal dein Smartphone«, sagte er. »Ich regel das.«

Ich guckte ihn erschrocken an. »Du willst ihn *anrufen?*«

»Klar.«

Greg stellte auf laut, wählte die gespeicherte Nummer und schluckte den letzten Pizzabissen hinunter.

»Presser?«, tönte es laut und deutlich aus dem Handy.

»Hartmann mein Name«, sagte Greg. »Guten Tag,

Herr Presser! Ich bin Markos Manager und höre gerade, dass es Probleme gibt.«

»Wie bitte? *Ich* bin Markos Manager!«

»Das können Sie aber ganz zackig wieder vergessen!«, blaffte Greg in mein Smartphone. »Ich hab nämlich schon immer neben ihm gesessen, schon seit der ersten Klasse! Also bin ich auch sein Manager, damit das mal klar ist!«

»Du unverschämte kleine Göre, was fällt dir eigentlich …«

»Ich sag Ihnen jetzt mal was: Markos Stimmen werden schwächer und werden voraussichtlich nächste Woche ganz verschwunden sein! Sie können ihn sehr gerne auftreten lassen, aber es wird das Allerpeinlichste, was Sie je erlebt haben, und nach dem ersten Auftritt können Sie alle anderen Auftritte absagen, weil sich dann nämlich kein Mensch mehr für Marko interessieren wird, nur damit das klar ist! Noch irgendwelche Fragen?«

Herr Presser legte auf.

»Ich glaub, er hat's kapiert.«

»Wow, das war einfach … genial!«, rief ich völlig verdattert.

Er schenkte mir ein breites Grinsen, eingerahmt von Tomatenpamps.

Wir aßen gerade unseren Salat, als mein Smartphone klingelte.

Greg verdrehte die Augen. »Schon wieder der Typ?«

Ich schüttelte den Kopf. Es war eine unbekannte Nummer.

»Hallo?«, meldete ich mich.

»Hallo, Marko! Ich bin's«, sagte eine Männerstimme.

Die Stimme redete und redete, und während ich zuhörte, wurde mir plötzlich so hundeelend, dass mir fast die Pizza wieder hochkam.

Greg sah mich an und runzelte die Stirn.

»Ja … Ist gut«, sagte ich schließlich. »Bis dann.« Ich legte auf.

»Du bist total blass«, sagte Greg besorgt. »Soll ich einen Arzt holen?«

Mein Mund war wie ausgetrocknet, und mir zitterten die Beine, obwohl ich auf dem Stuhl saß.

»Das …« Ich räusperte mich. »Das war mein Vater.«

Bei der Sendung *Vermisst* erklärt der Moderator dem »Sucher« (also dem, der irgendjemanden vermisst) kurz vor Schluss, dass er gleich nach einer unendlich langen Ewigkeit seinen Vater oder seine Mutter oder wen auch immer wiedersehen wird, und der Sucher, der vor Aufregung total am Zittern ist, läuft dann los, trifft an der nächsten Ecke den Vermissten, und beide fallen sich weinend in die Arme, während die Kamera immer im Kreis um sie herumfährt.

Während mein Magen rumorte und ich die ganze Zeit wie hypnotisiert auf meine halb leere Salatschale aus Plastik starrte, versuchte ich mir vorzustellen, wie es sein würde, meinen Vater kennenzulernen.

Würde er mir ähnlich sehen?

Würde er mich umarmen?

Würden wir weinen?

Wie in *Vermisst*?

Greg war ins Lehrerzimmer gerannt, um Herrn

Bender zu sagen, dass mir plötzlich schlecht geworden sei, und ihn zu fragen, ob er mich nach Hause bringen dürfte, weil ich total wackelig wäre.

Fünf Minuten später standen beide mit sorgenvollen Mienen vor mir. »Das ist ja auch kein Wunder, wenn ihr hier fetttriefende Pizza in euch reinstopft und dazu noch eine Riesencola trinkt!«, schimpfte Herr Bender, als er unsere schmierigen Pizzakartons und die beiden XXL-Cola-Pappbecher entdeckte. Hinter ihm guckten ein paar neugierige Fensterglotzer durch die halb geöffnete Tür zu uns herein.

»Und was ist mit dem Salat?«, verteidigte uns Greg. »Der war immerhin gesund!«

Herr Bender verdrehte die Augen und fühlte mir die Stirn. »Geh nach Hause, trink einen Kamillentee und leg dich hin«, sagte er. »Und Greg, du begleitest ihn und kommst danach schnurstracks wieder her!«

Wir nahmen zum ersten Mal ein Taxi, und der Fahrer grinste mich beim Einsteigen an, als wären wir alte Freunde. Unterwegs stellte Greg mir tausend Fragen zu dem Telefongespräch, aber anstatt zu antworten, horchte ich auf das Rumoren in meinem Bauch und stieg an der nächsten roten Ampel spontan aus, um die Pizza in den Rinnstein zu befördern. Danach grinste der Taxifahrer nicht mehr. Er wollte mich nicht wieder einsteigen lassen und verlangte sein Geld. Also bezahlten wir und liefen das letzte Stück zu Fuß.

Greg erwies sich wirklich als hervorragender Manager. Er trug meine schwere Schultasche, damit ich mich besser krümmen konnte, wenn die Bauchkrämpfe kamen. Er half mir die Treppe hinauf. Er ging in die Küche und machte Kamillentee, während ich kraftlos auf dem Sofa lag. Und er holte den Putzeimer aus dem Bad und stellte ihn neben mich.

»Hier. Für alle Fälle …Und jetzt erzähl endlich!«

Ich nahm einen Minischluck Tee. »Der Mann … Also, mein Vater hat mich im Fernsehen gesehen und sofort wiedererkannt …«

»Wie kann er dich wiedererkannt haben?«, unterbrach mich Greg. »Als er wegging, warst du ein Baby!«

»Keine Ahnung. Wahrscheinlich hat er diesen kurzen Trailer gesehen, der immer gezeigt wird, bevor jemand auftritt … Da hab ich doch von ihm erzählt. Und dann hat er beim Sender angerufen und mit Herrn Presser gesprochen und der hat ihm meine Geheimnummer gegeben …«

Greg runzelte die Stirn. »Ohne dich zu fragen?«

»Es war ja ein Notfall. Und nun will er mich treffen, übermorgen um fünf im Café Milagro, aber möglichst weit hinten, damit wir ungestört reden können … Mann, Greg! Ich fass es nicht, ich treffe meinen *Vater*!«

»Toll, aber es gibt da ein Problem …«

»Ja, ich weiß. Ich brauche dringend eine Sonnenbrille und eine Perücke. Sonst kommen alle zwei Sekunden Fans und wollen Autogramme ...«

»Das meinte ich nicht.«

»Was denn dann?«

»Es besteht eine gewisse Möglichkeit, dass der Mann gar nicht dein Vater ist.«

Mir wurde sofort wieder schlecht und Greg hielt mir schnell den Kotzeimer hin.

»Aber wieso sollte er das dann sagen?«, fragte ich in den blauen Eimer hinein. Zum Glück kam nichts und Greg stellte ihn wieder hin.

»Keine Ahnung, vielleicht will er Hackfleisch aus dir machen oder noch Schlimmeres. Du darfst jedenfalls auf keinen Fall alleine hingehen. Und du musst es deiner Mutter erzählen.«

»Kommt nicht infrage«, sagte ich. »Sie kann ihn doch nicht leiden! Sie würde mir bestimmt verbieten, mich mit ihm zu treffen. Das hat mein Vater auch gesagt. Ich soll ihr erst mal nichts davon erzählen, dass er wieder aufgetaucht ist. Er will lieber vorsichtig sein.«

»Wie klug von ihm«, sagte Greg. Dann rannte er los, zurück zur Schule.

Als Mama von der Arbeit kam und mich auf dem Sofa sah (und neben mir den blauen Eimer), rief sie:

»Schatz, was ist denn los mit dir?«, und war total besorgt.

Ich berichtete von meiner Übelkeit und der Kotzerei auf dem Heimweg (vom *Pizza-Flitzer* und von Papas Anruf erzählte ich nichts), und Mama meinte, es sei in letzter Zeit ja auch alles ein bisschen viel gewesen und ich müsste mich einfach mal so richtig ausruhen. Sie machte mir Pfefferminztee, der bei Magenproblemen angeblich am allerbesten hilft, und dann holte sie *Dr. Sushis galaktischer Urlaub* und las mir mein Lieblingskapitel daraus vor, *Vollpension bei den kosmischen Kakerlaken*. Danach sagte ich, ich bräuchte dringend einen neuen Haarschnitt, damit mich auf der Straße nicht gleich jeder erkennt, und Mama meinte: »Au ja, ich mache dir was Schickes!«, griff gleich zu Schere und Umhang und schnitt mir die Haare. Dann färbte sie alles rabenschwarz, schmierte haufenweise Gel rein und kämmte es zurück, sodass ich haargenau so aussah wie der Typ in *Matrix*.

»Cool«, sagte ich, als Mama ihren Handspiegel schwang, um mir die Hinterkopf-Ansicht vorzuführen.

»Nur cool?«, rief sie begeistert. »Du siehst aus wie *Little Mega-Star forever!* Das muss gefeiert werden!«

Wir legten *T for Five* auf, und zwar *Love Tumble*, Mamas größten (und einzigen) Hit, sprangen auf dem Sofa rum und sangen beide mit:

I don't wanna stumble,
I don't wanna tumble,
the only thing I want
is LOVE, LOVE, LOOOVE!

Mama sang in ihren Föhn und ich sang in die Bürste. Gleich danach verabschiedete sich der letzte Rest Pizza aus meinem Magen und landete im Eimer, und Mama entschuldigte sich dafür, dass sie mit der Hüpferei angefangen hatte. Sie machte mir neuen Pfefferminztee und sagte mindestens fünfmal »Schatz« (und kein einziges Mal Dicki!) und hinterher las sie mir noch das Kapitel *Dr. Sushis sonderbare Sonde* vor.

Erst da fiel mir auf, dass wir echt schon lange nicht mehr so viel zusammen gelacht hatten, und ich nahm mir vor, demnächst vielleicht mal wieder öfter krank zu werden.

Der neue Haarschnitt, den Mama mir verpasst hatte, war dermaßen cool, dass ich mich an diesem Abend spontan traute, bei Elena anzurufen. Sie ging sofort ran!

»*Mar*ko!« (Es klang, als würde sie sich freuen!)

»Hallo, Elena.« (Und jetzt?)

»Na?«

»Na?«

»Und … Wie geht's so?«

»Nicht so toll. Neulich hat mich Regine auf dem Rückweg von der Schule überfallen.«

»WAS?«

Regine saß am Tisch neben mir und war das brutalste Mädchen von der ganzen Schule. Sie war absolut verrückt und hatte dem dürren Markus bei einem Streit mal einen blauen Buntstift in die Handfläche gerammt. (Die Buntstiftspitze brach ab und das dunkle Blau war ein paar Millimeter unter der Haut deutlich zu sehen gewesen, aber als es Richtung Handgelenk zu wandern begann, hatte der dürre Markus es mit der Angst zu tun bekommen und war zum Arzt gegangen, der die Spitze dann herausoperierte.)

»Sandy und Aygün haben mich festgehalten«, erzählte Elena.

Die beiden gehörten zu Regines Schlägertrupp.

»Ich habe eine Platzwunde auf der Wange, und jetzt überlegen meine Eltern, ob sie mich von der Schule nehmen.«

»NEIN! Äh, ich meine, das wäre doch … schade.« In der Leitung war das leise Knistern eines Lächelns zu hören. »Was hat die blöde Kuh denn gegen dich?«

Elena schwieg, und ich dachte schon, dass sie die Sache vielleicht lieber für sich behielt, aber dann sagte sie: »Na ja … Ich wollte ja gerne neben dir sitzen …«

»Stimmt.«

»Und dann saß ich ganz hinten. Dann habe ich erst

mit Sabrina getauscht, dann mit Lara und dann mit Bahun, damit ich neben Aygün saß.«

Mir war schon aufgefallen, dass Elena dauernd woanders saß.

»Und dann habe ich Regine gefragt, ob wir nicht tauschen sollen, damit sie neben Aygün sitzen kann. Und Regine meinte, sie denkt drüber nach und sagt mir ihre Antwort gleich nach der Schule. Und jetzt hab ich ihre Antwort auf der Wange.«

Ich war total beeindruckt, was sie alles unternommen hatte, um neben mir zu sitzen. Aber noch viel beeindruckender fand ich, dass sie sich traute, es mir einfach so zu sagen!

»Ich … Äh, ich fände es toll, wenn du neben mir sitzt«, sagte ich.

»Echt?«

»Ja.«

»Hätte Greg denn nichts dagegen?«

»Na ja, Greg sitzt ja schon seit der ersten Klasse neben mir und inzwischen ist er auch mein Manager … Aber Regine wird ganz bestimmt mit dir tauschen. Und sie wird dich in Zukunft total in Ruhe lassen, versprochen. Sag das deinen Eltern.«

»Wie willst du *das* denn machen?«

»Wart's ab …«

Was die Hellseherei angeht, ist der Lukas-Effekt natürlich grandios und faszinierend, weil genau das passiert, was man vorausgesagt hat. Es passiert, weil irgendjemand, der an deine Voraussage glaubt, irgendwie dafür sorgt, dass sie wahr wird. Allerdings kann man sich nicht unbedingt darauf verlassen, dass es immer klappt. Es gehört auch ein wenig Glück dazu, daher birgt der Lukas-Effekt ein gewisses Risiko.

Der Rick-Effekt dagegen ist echt praktisch, weil gar keine Voraussagen gemacht werden, die falsch sein könnten. In diesem Fall geht es nämlich um irgendetwas, das schon passiert ist. Deswegen funktioniert der Rick-Effekt fast immer: Man behauptet einfach, etwas über den anderen zu wissen, was kein anderer erfahren soll. Der Vorteil daran ist, dass man die betreffende Sache nie benennen muss, weil der andere ja vermeiden will, dass sie benannt wird und irgendwer davon erfährt.

»Hallo, Regine«, sagte ich am nächsten Morgen, als ich mich auf meinen Platz setzte.

»Ooooh, Marko, deine neue Frisur ist sooo was von cool!«

»Danke, Regine. Regine, würdest du mir einen kleinen Gefallen tun?«

»Aber natürlich, Marko, gern.«

»Würdest du mit Elena den Platz tauschen? Das wäre nett.«

»Vergiss es!«, knurrte Regine und kniff ihre Augen zu zwei schmalen Schlitzen zusammen, was echt gefährlich aussah. Ich zog unauffällig meine Hand weg und vergewisserte mich, dass sie ihre Buntstifte noch nicht ausgepackt hatte.

»Aber Regiiine … Du fändest es doch sicher peinlich, wenn jemand erfahren würde, was da neulich passiert ist, hm?«

»Du meinst diese Sache mit Elena? Das kann ruhig jeder wissen, das ist mir so was von …«

»Das meinte ich nicht.«

Bei Jury-Mitglied Rick hatte ich immerhin eine Vermutung gehabt, welches Geheimnis er lieber für sich behalten wollte, doch ich war mir sicher, dass es genauso hervorragend funktionieren würde, wenn ich keinen blassen Schimmer hatte!

Regine runzelte die Stirn. »Was … Was denn *dann?*«

»Ich meinte diese Sache bei euch *zu Hause*.«

Regine starrte mich verdutzt an. »Woher …«

»Aber Regiiine … Ich bin Hellseher, schon vergessen?« Ich senkte lächelnd den Kopf und fixierte sie mit meinem stechenden Hellseherblick.

Sie sah sich mehrmals um und begann plötzlich zu flüstern: »Du meinst doch nicht etwa …«

»Hmm-*hmmmmmmmmm!*« Ich nickte.

Sie wurde blass.

Zwei Minuten später saß Elena neben mir und Regine nahm wutschnaubend neben Aygün Platz.

»Hallo, Marko … Das hätte ich nie gedacht«, sagte Elena kichernd. »Hallo, Greg!« Sie winkte an mir vorbei zu ihm hinüber.

»Hallo«, brummte er und blickte genervt in eine andere Richtung.

Der phänomenale Erfolg des Rick-Effekts bei Regine verblüffte mich dermaßen, dass ich mich entschied, noch einen Schritt weiterzugehen und den vielen Prügeleien und Überfällen, die auf dem Schulweg leider immer noch stattfanden, ein für alle Mal ein Ende zu bereiten.

Gleich zu Beginn der großen Pause stellte ich mich zusammen mit meinem Manager auf die oberste Treppenstufe des Haupteingangs und Greg brüllte wie ein Profi-Marktschreier sämtliche Schüler zusammen.

Alle drängten sich um uns, und ich blickte über ein wogendes Meer aus erwartungsvollen Gesichtern.

Ganz vorne in der ersten Reihe entdeckte ich zwei Jungen mit Pflastern im Gesicht, der eine an der Schläfe, der andere auf der Stirn. Ein Junge, der weiter hinten stand, konnte nur mit einem Auge gucken, das andere war komplett zugeschwollen. Und direkt vor mir klammerten sich drei ängstliche Mädchen mit zerzausten Haaren und zerkratzten Armen aneinander.

Ich neigte meinen Kopf leicht zur Seite und flüsterte Greg etwas ins Ohr …

»MARKO HAT EINE BOTSCHAFT AN EUCH!«

Flüstern.

»WER MITSCHÜLER BLÖD ANMACHT, DISST ODER VERPRÜGELT, BEKOMMT ÄRGER!«

»Ach, ja? Was denn für Ärger?«, tönte der schöne Adrian.

Flüstern.

»*SCHLIMMEN* ÄRGER!«

Die beiden zerzausten Mädchen jubelten und rechts von mir reckten zwei Jungen zustimmend ihre eingegipsten Arme in die Luft.

»VERGESST NICHT, DASS MARKO HELLSEHEN KANN! EGAL, WO IHR SEID, WAS IHR TUT, WAS IHR DENKT: ER WEISS ES! ER KENNT EURE GEHEIMNISSE! Ach, echt?« Greg sah mich fragend an.

Ein paar Kinder bissen sich schuldbewusst auf die Lippen.

»FÜR JEDEN, DER SICH NICHT AN DIE REGELN HÄLT, WIRD ES AB SOFORT PEINLICH! SEHR, SEHR PEINLICH!«

Durch die Menge ging ein Raunen und lautstarke Diskussionen begannen. Offenbar wurden meine Maßnahmen recht unterschiedlich aufgenommen. Viele klatschten, vor allem Jüngere, Kleine und Schmächtige.

»Ja! Wir wollen nicht mehr geschubst werden!«, rief ein kleiner Blonder mit Piepsstimme und Schmollmund.

Elena lächelte.

Regine, Sandy und Aygün schimpften.

Adrian, Gernot und Kevin buhten uns lautstark aus.

»ENDE DER DURCHSAGE!« Greg wedelte mit der Hand.

Die Menge zerstreute sich – passenderweise genau in dem Moment, als Frau Ziegler den Hof betrat, um ihre Aufsicht anzutreten.

Der Rest der Pause verlief echt interessant.

Größere hielten Kleineren die Türen auf.

Stänkerer, die andere sonst immer nur beleidigt hatten, verteilten plötzlich Komplimente.

Mädchen flochten sich gegenseitig die Haare.

Schüler, die mehr zu essen hatten als andere, gaben etwas ab.

Frau Ziegler traute ihren Augen kaum, und als Regine an ihr vorbeiging und »Schönen guten Tag, Frau Ziegler, Ihr Kleid ist wirklich hübsch« sagte, starrte sie ihr mit offenem Mund hinterher.

»Na bitte, geht doch«, sagte ich zufrieden.

Greg kriegte sich vor Begeisterung überhaupt nicht wieder ein. »Sie machen, was wir wollen!«, jubelte er. »Wir haben sie total in der Hand! Genial! Da können wir so vieles verbessern, was bisher noch nicht gut läuft. Wir sind das Management der Schule! Wir sorgen dafür, dass niemand Mist baut! Ab heute sind alle nur noch nett und freundlich zueinander.«

Ja, dachte ich. Besonders ich und Elena – jetzt, wo ich es geschafft habe, dass sie neben mir sitzt, wird es bestimmt nicht mehr lange dauern, bis wir knutschen!

Als Mama nachmittags von der Arbeit kam, hatte sie eine gute Nachricht für mich. Herr Presser hätte bei ihr angerufen und seltsamerweise verkündet, dass an weiteren Auftritten in nächster Zeit kein Interesse mehr bestünde. Allerdings hätte der Sender *großes* Interesse daran, möglichst schnell gewisse Rechte zu erwerben.

»Was denn für Rechte?«, fragte ich.

»Irgendwas mit Theater und Film. Ich glaube, sie

wollen unser Leben verfilmen. Das wäre bisher noch nie vorgekommen und was ganz Besonderes, meinte er. Ist das nicht toll?«

»Keine Ahnung. Muss ich da was machen?«

»Du und ich, wir könnten doch die Hauptrollen spielen«, schwärmte Mama. »Wer kennt unser Leben denn besser als wir selber? Vielleicht gewinnen wir sogar den Oscar!«

Ich stöhnte. »Der eine kleine Film auf dem Ponyhof hat mir gereicht. Ich spiel nie wieder in einem Film mit!«

Mama redete und redete und ich hörte einfach nicht mehr hin und ging hinüber in mein Zimmer.

Sie bummerte an meine Tür.

»Darf ich denen die Rechte denn geben?«, fragte sie.

»Mach doch, was du willst!«, rief ich genervt. »Das machst du doch sowieso!«

Im Moment hatte ich echt andere Sorgen.

Greg hatte uns zwei coole *Matrix*-Sonnenbrillen besorgt und am nächsten Tag gingen wir um halb fünf ins Café Milagro. Mir war kotzübel, und die Sonnenbrille war nicht nur obercool, sondern verdeckte auch die Schatten unter meinen Augen, denn vor lauter Aufregung hatte ich höchstens zwei Stunden geschlafen. Wenn überhaupt.

Der Mann, der ganz hinten am allerletzten Tisch vor einem Glas Bier saß, war etwas dicklich, hatte kurzes, dunkles Haar und lustige, helle Augen. Also, ich fand schon, dass er mir ein kleines bisschen ähnlich sah ... Die Nase zum Beispiel.

»Hey, da kommt der Typ aus *Matrix!*«, rief er lachend, als er mich sah. »Mensch, wie hieß denn der noch mal?«

»Neo«, sagte Greg, der größte *Matrix*-Fan aller Zeiten.

»Nein, dieser Schauspieler«, sagte mein Vater.

»Keanu Reeves.«

Irgendwie begann dieses Treffen nach einer unendlich langen Ewigkeit anders, als ich es mir vorgestellt hatte. Ganz anders als in *Vermisst*. Mein Herz schlug bis zum Hals, aber heulen musste ich komischerweise nicht. Und mein Vater auch nicht.

»Na, Sohnemann«, sagte er und schlug mir auf die Schulter. »Du kannst dir gar nicht vorstellen, wie ich mich freue, dich zu sehen. Groß bist du geworden. Und cool siehst du aus.«

»Hallo … Papa«, krächzte ich und setzte mich.

»Und wer ist der Kinokenner?«, fragte Papa und deutete auf Greg.

»Ich bin Markos Manager.«

Papa lachte.

»Was gibt's denn da zu lachen?«, blaffte Greg, aber als ich ihn unauffällig in die Seite knuffte, gab er Ruhe.

»Wurdest du entführt? Und in ein anderes Land verschleppt?«, fragte ich. Seit Jahren hatte ich mich das gefragt und nun würde es endlich, endlich eine Antwort geben!

Papa starrte düster in sein Bier.

»Ja«, sagte er.

»Ich *wusste* es!«, rief ich. »Die ganze Zeit!«

»Ist ja kein Wunder, du kannst ja hellsehen. Herzlichen Glückwunsch übrigens zum Sieg bei *Little*

Star! Mann, bin ich stolz auf dich.« Er schüttelte mir die Hand.

»Erzähl von der Entführung!«

»Na ja … ich wollte zum Bäcker und dann hielt ein Auto neben mir …«

»Ein schwarzes?«

»Ein schwarzes.«

»Und dann?«

»Tja, dann schnappten mich zwei Männer und fuhren mit mir weg und ich dachte: Was wollen die von mir? Werde ich meinen Sohn je wiedersehen? Und diese Entführer brachten mich in ein anderes Land.«

»Nach Tasmanien?«

Er starrte mich verdutzt an. »Tasmanien? Nein. Ein bisschen näher. Holland.«

»Und musstest du in einer Fabrik arbeiten?«

»Genau.« Papa nahm einen Schluck Bier. »In einer Käsefabrik.«

»Wieso konntest du nicht einfach abhauen?«

»Na ja …« Er nahm noch einen Schluck. »Das ist nicht so einfach, Marko, wenn man kein Geld hat. Darüber wollte ich sowieso mal mit dir reden. Ich habe da gerade ein kleines Geschäft am Laufen, was ganz Neues, gerade noch in den Anfängen. Und ich dachte, du hättest vielleicht Lust, mit einzusteigen. Du bist ja jetzt ein reicher Mann.«

Ich war verwirrt.

Mein Vater redete und redete, aber ich hörte nicht mehr richtig zu. Unmengen von Fragen schossen mir durch den Kopf. Wann war mein Vater denn aus Holland zurückgekommen? Und warum? Und was für ein Geschäft? Und wenn er ein Geschäft hatte, dann *musste* er doch Geld haben?

»Hast du noch irgendwelche Fragen, mein Sohn?«

Ich hatte tausend. Aber Greg war schneller.

»Vermissen Sie nicht was?«, fragte er.

»Und ob. Meinen Sohn vermisse ich, schon mein Leben lang.«

»Das meinte ich nicht«, erwiderte Greg. »Ich meine einen Gegenstand. Er lag in einem Stoffbeutel auf dem Speicher. Und Marko hat ihn dort gefunden.«

»Stimmt«, sagte ich. »Das war …« Mein Manager hielt mir den Mund zu.

»Und? Was war es?«, fragte Greg.

»Was soll denn das, sind wir hier beim heiteren Rätselraten?«, schimpfte mein Vater. »Das ist doch Ewigkeiten her! Woher soll ich das jetzt noch wissen?«

»Du hast es sehr, sehr oft benutzt. Und es war schwarz«, verriet ich.

»Ein Rasierapparat? Ein Klavier? Ach nein, es war ja in einem Stoffbeutel … Keine Ahnung. Eine Bibel?«

Mir war, als fiele ich von einer Klippe.

»Ein Kuli?«

Ich stand auf.

Greg ebenfalls.

»Ein Kamm? He, wartet doch mal! Ein *Radio?*«

»Schönen Tag noch«, sagte Greg.

Und dann gingen wir.

In den nächsten zwei Wochen meldeten sich bei Herrn Presser noch zehn oder zwölf weitere verschollene Väter, die mich gerne treffen wollten, und alle hatten Geldprobleme, aber keiner von ihnen vermisste ein Metronom.

Der Anruf des zweiten falschen Vaters kam mitten in einem Englischtest, den ich abbrechen musste, weil mir sofort wieder schlecht wurde. Die Englischlehrerin beschlagnahmte mein Smartphone für den Rest des Tages, und auf dem Nachhauseweg rief Greg bei Herrn Presser an und fragte, was ihm denn eigentlich einfiele, dauernd meine Geheimnummer weiterzugeben.

»Mein lieber Herr Hartmann«, sagte Herr Presser. »Der Sender hat ein berechtigtes Interesse daran, Marko und seinen lang vermissten Vater wieder zusammenzuführen und dieses wunderbare Wiedersehen zu filmen. Schließlich hat unsere Sendung es erst ermöglicht, dass die Väter sich bei Marko melden.«

»Genau das *ist* ja der Mist«, erwiderte Greg. »Wir machen es so: Sie geben die Telefonnummern aller Väter an mich weiter und wir kümmern uns um den Rest. Markos Geheimnummer wird ab heute geändert und bleibt geheim. Und wenn Sie etwas von ihm wollen, rufen Sie bitte bei *mir* an – schließlich bin ich sein Manager. Meine Nummer sehen Sie ja und können Sie abspeichern!« Und damit legte er auf.

Mama erzählte, Herr Presser hätte ein paar Mal wütend bei ihr angerufen, wegen dieses zweiten Managers, aber sie hätte ihm erklärt, sie wüsste da nicht Bescheid, er solle das lieber mit mir besprechen. Ich sagte, ich hätte eine neue Nummer, und gab ihr die von Greg, damit sie meine nicht wieder überall herumposaunte.

Ein paar Tage später saß Mama mit einem Brief in der Hand auf dem Sofa und starrte Löcher in die Luft, als ich nach Hause kam. Ich dachte schon, irgendeiner meiner Väter hätte ihr geschrieben.

»Was ist los?«, fragte ich. »Irgendwas Schlimmes?«

Sie schüttelte den Kopf. »Nein«, sagte sie. »Aber auf diesem Zettel hier steht, dass wir für die Film- und Theaterrechte, die der Sender gerne haben möchte, noch mal 250 000 Euro kriegen, pauschal.«

»Wow«, sagte ich. »Dann sind wir jetzt reich?«

Mama nickte.

»Dann kriege ich mehr Taschengeld?«

Mama nickte.

»Super. Und was bedeutet *pauschal*?«

»Keine Ahnung.« Sie zuckte mit den Achseln. »Ich habe mal eine Pauschal*reise* gemacht, die war echt billig … Aber das hier ist ja ein Vermögen!«

Das viele Geld veränderte unser Leben total und so langsam fand ich mein Starleben richtig angenehm. (Mal abgesehen von den vielen falschen Vätern.) Eine Woche lang kauften wir nur ein. Mama holte sich haufenweise Schuhe und Schminkzeug und den teuren Lockenstab, den sie auch im Salon benutzte, und außerdem ihren absoluten Lieblingsmantel, den sie sich immer schon gewünscht hatte. Er sieht aus wie eine Pusteblume zum Anziehen. Irgend so ein fluffiges, weißes Zeugs, das beim Gehen im Luftzug ein bisschen hin und herweht, wie Pusteblumenflausch in einer leichten Sommerbrise. »Er ist so weeeiiich«, sagte Mama immer. Und dazu kaufte sie weiße Handschuhe, weil sie damit so schön vornehm aussieht.

Greg und ich zogen alleine los und entdeckten einen verrückten Kostümladen, wo tatsächlich ein langer, schwarzer *Matrix*-Mantel hing, der mir wie angegossen passte. Es war der Hammer! Mit dem Ding, der Frisur und der Sonnenbrille sah ich original so aus wie Neo!

»Das ist der Hammer!«, rief Greg. »Du siehst original so aus wie Neo! Nur kleiner natürlich.«

»Vielleicht ein *bisschen* kleiner«, sagte ich. »Such dir auch was aus.«

Greg bekam funkelnde Augen und entschied sich für eine schwarze Weste, auf der in großen Silberglanzbuchstaben MANAGEMENT aufgedruckt war. Zu den schwarzen Sachen kauften wir uns im *Hobbit-Feet-Shoe-Shop* nebenan noch coole schwarze Cowboyschuhe. Mit etwas höheren Absätzen, damit wir größer aussahen.

Gleich am nächsten Tag erschienen wir in unseren neuen Outfits in der Schule. Mein langer, schwarzer Mantel flatterte mir um die Beine wie Batmans Fledermausumhang, und als wir über den Pausenhof schritten, starrten uns alle mit offenen Mündern an und die Menge teilte sich wie vor ewig langer Zeit das Rote Meer für Moses. (Wir hatten die Geschichte gerade in Reli durchgenommen. Moses war auch so eine Art Neo, glaube ich, auf jeden Fall ein Anführer.)

Herr Bender lachte, als er den Klassenraum betrat und mich mit ovaler und Greg mit runder Sonnenbrille in der ersten Reihe sitzen sah wie Neo und Morpheus.

»Ihr habt euch in der Jahreszeit geirrt«, sagte er. »Fasching ist im Februar, aber jetzt haben wir Herbst … Nehmt sofort die schwarzen Brillen ab.«

Wir taten es widerwillig.

»Heute früh fand eine Lehrerversammlung beim Rektor statt«, verkündete Herr Bender. »Wir haben festgestellt, dass das allgemeine Verhalten der Schüler in letzter Zeit ... sagen wir mal ... ein wenig ungewöhnlich ist.«

Dasselbe war Greg und mir auch schon aufgefallen. Nach meiner öffentlichen Ansage hatte die Phase der gegenseitigen Hilfsbereitschaft und Freundlichkeit leider nur ein paar Tage angehalten – obwohl wir uns wirklich alle Mühe gaben, die Stimmung durch freundliche Ermahnungen zu verbessern. Nach und nach hatten alle begonnen schweigend und missmutig über den Pausenhof zu schleichen. Es gab zwar keine Prügeleien oder Überfälle mehr (Regine ließ Elena jedenfalls in Ruhe), aber auch kaum noch Gespräche oder Spiele.

Früher war der Geräuschpegel auf dem Pausenhof enorm gewesen, ein Wirrwarr aus Brüllen, Kreischen, Kichern, Lachen und Weinen. Nun herrschte meistens gespenstische Stille. Frau Ziegler war völlig verzweifelt. »Aber Kinder, liebe Kinder!«, rief sie in jeder Pause. »Was *habt* ihr denn? Warum *redet* ihr nicht miteinander? Mag denn hier keiner mehr niemanden? O Gott, o Gott, was ist denn nur geschehen? So etwas habe ich noch nie erlebt. Noch *nie!*«

»Es betrifft ausnahmslos alle Klassen«, sagte Herr

Bender. »Irgendetwas stimmt nicht. Darf man fragen, was mit euch los ist?«

Doch die Klasse schwieg.

In der großen Pause saßen Greg und ich im Musikanbau und aßen gerade unsere *Bestell-deinen-Burger-*Burger, als es an der Tür klopfte.

Wir setzten blitzschnell unsere Sonnenbrillen auf und dann rief Greg: »Herein?«

Die Tür öffnete sich quietschend. Regine betrat den Raum und blieb zögernd stehen.

Sie hatte sich verändert, fand ich. Unter den Augen hatte sie dunkle Ringe und ihre Lippen waren rissig, als hätte sie tagelang darauf herumgekaut.

»Ja?«, fragte ich.

»Ich will mal mit dir reden.«

»Bitte.« Ich deutete auf einen Stuhl.

Sie kam näher und setzte sich.

»Das … Das mit dem dürren Markus tut mir leid«, begann sie.

Ich war verblüfft. Dass Regine irgendetwas leidtat, war bislang noch nie vorgekommen!

»Ich war so wütend auf ihn. Und den Buntstift hatte ich gerade in der Hand und dann steckte er plötzlich in Markus' Hand, und das Blut spritzte raus, voll eeekelig, und dann ist auch noch diese blöde Spitze abgebrochen!«

»Ich weiß«, erwiderte ich. »*Alle* wissen es.«

»Ja … Aber nicht das mit Aygün«, sagte Regine. Ihre Stimme klang total verzweifelt und dann brach sie plötzlich in Tränen aus!

»Ich habe ihr vor zwei Wochen ihren Ring geklaut!«, schluchzte sie.

Das schlechte Gewissen musste sie furchtbar geplagt haben.

»Ihren Lieblingsring … Aber das weißt du ja alles.«

Ich nickte.

Obwohl ich natürlich keine Ahnung hatte.

Mein Nicken passierte einfach automatisch.

»Den mit dem roten Stein«, schniefte Regine.

»Den sie *sooo* gerne mag!«, sagte ich und nickte wieder.

»Es tut mir leid! Aygün ist meine allerbeste Freundin und darf das nicht erfahren! Nie im Leben. Ich wollte das eigentlich gar nicht, es ist einfach irgendwie passiert!« Tränensturzbäche liefen ihr über das Gesicht. »Und außerdem hab ich voll die Panik, dass irgendjemand was davon erfährt, was bei mir zu Hause passiert ist … Du weißt schon, das mit meinen Eltern … Das soll keiner wissen! BITTE! Ich ärgere auch niemanden mehr. Versprochen! Ich setz mich in die allerletzte Reihe, wenn du willst. Ich, ich …«

»Beruhige dich doch«, sagte ich.

»ICH KANN MICH ABER NICHT BERUHIGEN!«

Im selben Moment wurde mir klar, *wer* sie beruhigen konnte.

Ich.

Ein schöner Gedanke.

»Liebe Regine«, sagte ich. »Wir wissen beide, dass dein Verhalten nicht in Ordnung war.« (Ich gab mir Mühe, so zu klingen wie der Fernsehpfarrer in *Vergeben und vergessen*.) »Aber du kannst es wiedergutmachen. Du kannst so tun, als hättest du Aygüns Ring wiedergefunden, und dann gibst du ihn ihr zurück. Und bei Markus könntest du dich endlich mal entschuldigen ...«

»Und dann ... Dann ist alles wieder gut?«

Ihre verweinten Augen blickten mich hoffnungsvoll an.

»Aber ja.« Ich lächelte.

»Und diese Sache mit meinen Eltern sagst du niemandem?«

»Aber nein.«

»Oh, DANKE!« Sie sprang von ihrem Stuhl auf. »Vielen Dank!« Sie atmete tief durch. »Jetzt geht es mir viel, viel besser ...« Regine schniefte ein letztes Mal, dann rannte sie hinaus und schlug die Tür hinter sich zu.

Greg und ich sahen uns an und setzten die Sonnenbrillen wieder ab.

»Wow«, sagte Greg. »Das war cool ... Was ist denn los mit ihren Eltern?«

Dasselbe hatte ich mich auch gefragt.

Vielleicht hatten sie sich gestritten? Oder mit Flaschen beworfen? Oder gesagt, dass sie sich trennen würden? Oder ... Was auch immer es war, Regine fand es jedenfalls sehr peinlich.

»Greg«, sagte ich. »Das ist geheim. Du möchtest ja schließlich auch nicht, dass ich deine Geheimnisse herumposaune.«

»Nein, das stimmt.«

In dieser Pause kamen wir nicht mehr dazu, unsere doppelten Beefburger mit Extrakäse aufzuessen. Sie blieben angebissen auf dem Tisch liegen, weil alle zwei Minuten jemand klopfte und hereinkam, um irgendetwas zu gestehen.

Celina mit den Fisselhaaren hatte Jeanette aus Neid eine dicke Haarsträhne abgeschnitten. Und zwar so extrem geschickt und hinterhältig, dass Jeanette immer noch nicht wusste, wer der Täter war.

Kevin hatte Adrian angelogen.

Gernot hatte Kevin heimlich in die Limodose gespuckt.

Theresa hatte Bahun »Du stinkst!« ins Heft geschrieben.

Justin hatte Daniels Turnbeutel auf einem Hundehaufen abgestellt und so getan, als sei es ein Versehen gewesen.

Und so weiter und so weiter …

Alle bereuten, was sie getan hatten. Und alle hatten Angst, ich könnte ihre geheimsten Geheimnisse ausplaudern.

Manche weinten.

Manche schimpften oder brüllten ihren Frust heraus.

Manche waren so verschüchtert, dass sie kaum sprechen konnten.

»Vergeben und vergessen«, sagte ich jedes Mal, wenn sie endlich fertig waren. Und wie durch Zauberei erschien auf den Gesichtern der Leidenden ein Lächeln.

Als Greg und ich am nächsten Tag in der großen Pause auf den Schulhof hinaustraten, hatte sich vor der Tür zum Musikanbau schon eine endlos lange Schlange von Missetätern gebildet.

»Hey, ich habe eine super Idee!«, flüsterte Greg mir zu, während wir in unseren schwarzen Klamotten an ihnen vorbeimarschierten.

»Und die wäre?«

»Jeder, der Scheiße gebaut hat, spendet was für wohltätige Zwecke!«

»Und für welche?«, fragte ich leise und zückte meinen Schlüssel. »Einen Moment noch bitte!«, rief ich den Wartenden zu. »Ihr werdet aufgerufen!«

Wir schlossen die Tür.

»Für neue Klos«, entschied Greg. »Wir brauchen dringend welche.«

Das stimmte. Die Toiletten waren dermaßen kaputt und verdreckt, dass die meisten Schüler sie nur im absoluten Notfall benutzten. Die Lehrer, die in den Pausen die Aufsicht führten, wunderten sich immer, warum sie so viele hüpfende Kinder sahen – wahrscheinlich hielten sie es für ein neues Spiel. *Wir* kannten den wahren Grund.

Ich war begeistert und Greg fand in einem Schrank einen Pappkarton und schrieb mit Filzstift drauf:

Freiwillige Spenden für neue Klos!

Dann ließen wir die Schüler, die sich aussprechen wollten, herein. Viele von ihnen beschwerten sich, dass die Gespräche gestern noch umsonst gewesen waren und heute etwas kosteten.

»Tja, das Leben wird tagtäglich teurer«, sagte Greg. »Aber es ist ja für einen guten Zweck. Schließlich haben wir später alle was davon.«

Größere Vergehen kosteten einen Euro, kleinere die Hälfte. Die Spendenkasse füllte sich rasant, und die schuldbeladenen Schüler verließen den Raum in doppelter Hinsicht erleichtert.

»Ich habe meinen Bruder geschubst«, gestand der kleine Blonde mit Piepsstimme und Schmollmund, als er an der Reihe war. »Aber ich hab kein Geld.«

»Das kostet nichts«, sagte ich großzügig. »Dein Bruder ist ja nicht auf dieser Schule.«

»Oh. Gut.« Er strahlte mich an und ging wieder.

Wir wollten gerade unsere Einnahmen zählen, als jemand von außen die Tür aufriss. Im nächsten Moment polterte der Rektor herein. Sein Gesicht leuchtete hummerrot und seine Augen funkelten vor Wut.

»DARF ICH MAL FRAGEN, WAS IHR HIER TREIBT?«

Herr Kieser war normalerweise der netteste Rektor, den man sich vorstellen kann. Ein kleiner, rundlicher Mann, der meist in seinem Büro saß und über den Lehrplänen brütete. Außerdem unterrichtete er Deutsch und Geschichte und machte sich ständig Gedanken um das Wohl eines jeden Einzelnen. Nachdem ich am ersten Schultag ununterbrochen von Mitschülern belagert worden war, hatte er mir großzügig erlaubt, mich in den großen Pausen in den Musikanbau zurückzuziehen. Sein Wutanfall überraschte mich so, dass mir keine Antwort einfiel.

»Ein neues Schulprojekt«, sagte Greg. »Wir sammeln freiwillige Spenden für wohltätige Zwecke. In diesem Fall für die Renovierung der Schülertoiletten. Sie kennen das Problem ja ...«

Rektor Kiesers Gesichtsröte verblasste.

»*Freiwillig*?«, sagte er.

Greg nickte und deutete auf das erste Wort seiner Beschriftung des Kartons.

»Hier, nehmen Sie die Spenden gleich mit.« Er überreichte Herrn Kieser den Karton. »Wir haben es noch nicht gezählt ... In den nächsten Pausen sammeln wir noch mal. Die Schüler wollen alles tun, um das Problem zu lösen. So geht es jedenfalls nicht weiter!«

»Das ist wahr, so geht es wirklich nicht weiter!«, rief Rektor Kieser. »Ach, Kinder, das ist wirklich toll, dass ihr euch für eure Schule engagiert!« Er lachte beglückt, und ich sah, dass seine Augen vor lauter Rührung ganz feucht wurden. »SO TOLL!« Er drückte uns die Hände. »Danke! DANKE!«

»Vergeben und vergessen«, hätte ich fast geantwortet und biss mir im letzten Moment auf die Zunge.

»Ich dachte schon, hier läuft eine Erpressung«, sagte Rektor Kieser kopfschüttelnd, winkte noch mal und verließ mit dem Karton unterm Arm den Raum.

»Findest du, dass hier eine Erpressung läuft?«, fragte ich Greg.

»Nicht so direkt … Eher ein Ablasshandel.«

Ich schaute ihn verwirrt an. »Was ist *das* denn?«

»Die Idee entstand im Mittelalter. Damals ließ die katholische Kirche die Leute was bezahlen, wenn sie kamen und ihre Sünden beichteten. Und für das Geld wurde ihnen dann verziehen.«

»Ach.« Ich dachte nach. »Also gab es damals auch schon Hellseher, die alle Geheimnisse kannten?«

Greg lachte. »Es gab den größten Hellseher aller Zeiten!«, sagte er. »Einen, der alles sah und alles hörte. Er heißt Gott.«

121

»Ach ja. Klar.« Ich bin immer wieder verblüfft, was Greg alles weiß. »Was bedeutet eigentlich *pauschal*?«

»Wie kommst du denn jetzt darauf?«

»Nur so.«

Greg erklärte mir, dass es »für alles zusammen« bedeutet und dass man bei pauschaler Bezahlung zum Beispiel für alles zusammen eine ganz bestimmte, vereinbarte Summe bekommt, aber von den weiteren Einnahmen dann später nichts mehr. Also keine Prozente und so.

»Oh.«

»Mein Neuvater ist nämlich Rechtsanwalt für Urheberrecht«, erzählte er. »Wenn deine Mutter mal einen Vertrag unterschreiben muss, dann kann er ihn sich vorher angucken und euch beraten.«

»Danke, ich denk dran.« (Beim nächsten Mal, dachte ich.)

Mama kam mit merkwürdigen Einkäufen nach Hause. Marko-Tassen, Marko-Stifte, Marko-Bettwäsche und Marko-T-Shirts.

»Ich habe allen Verkäuferinnen erzählt, dass ich die Mutter bin, aber keine hat mir geglaubt!«, schimpfte sie. »Hier! Ist das nicht herrlich?« Sie zeigte mir ein T-Shirt mit meinem Gesicht auf der Rückseite, und darunter stand:

Vertraue auf deine innere Stimme!

»Na toll. Und wer soll das anziehen?«, fragte ich.

»Du natürlich!«

»Mama, das sind Fanartikel«, erklärte ich ihr. »Fanartikel sind für *Fans*. Wenn ich das selber anziehen würde, wäre das total bescheuert. Ich kann Fan von jemand anders sein, aber doch nicht von mir selber!«

»Wieso denn nicht … Pack das hier mal aus, das hat der Postbote vor die Tür gelegt.«

Es war ein großer Umschlag von *Vero-TV*. Als ich ihn öffnete, fiel ein Buch heraus, dessen Titel lautete:

MARKO – DIE STIMME DES GLÜCKS

Auf dem Umschlag war ein Foto von mir, auf dem ich mit halb geöffnetem Mund völlig bescheuert in die Luft gucke und so aussehe, als würde irgendein Geist mir gerade was ins Ohr flüstern.

Ich schlug das Buch auf und staunte, denn der Text klang, als hätte ich ihn selbst geschrieben! Jedenfalls stand da dauernd *ich*. Das erste Kapitel begann so:

Als wir an diesem schwülheißen Abend in Rio de Janeiro das Haus verließen, um an die Copacabana zu gehen, drehte ich mich noch einmal um. Tante Merima wünschte uns viel Spaß und winkte, wobei mir auffiel,

*dass sie schmerzvoll das Gesicht verzog und sich den
Bauch hielt. Schon damals schwante mir nichts Gutes ...*

Schwante! Was bedeutet denn bitte *schwante*? So was
würde ich nie im Leben schreiben!

»Ach, wie schön«, sagte Mama und schaute sich
die vielen Fotos an. Und als sie eins von sich selber
entdeckte, beim *Little-Star*-Finale, war sie völlig aus
dem Häuschen. »Das zeige ich der Kassiererin! Lies
mir doch ein Stück daraus vor, Schatz, während ich
den Rest auspacke ...«

Ich schlug irgendeine Seite auf und las:

*»Danedream wird gewinnen, Mama. Jedenfalls hat die-
se Stimme in meinem Kopf das gesagt. Wir sollen auf
Danedream setzen. Dann wird uns großes Glück zu-
teil.«* − *»Oh, Danedream? Danedream ist ein Außenseiter. Bist du auch sicher, mein Kind?«* − *»Ja, Mama.«*
*»Dann sollten wir auf deine Stimme hören. Manchmal
hält das Schicksal unglaubliche Überraschungen für
uns bereit ... Wir haben zurzeit zwar wirklich große
Sorgen − aber hier hast du zehn Euro.«* Mama öffnete
ihr Portemonnaie und erschrak, weil es fast leer war.
*»Eigentlich wollte ich uns davon für die ganze nächste
Woche einen Eintopf kochen, aber nimm sie, mein Kind,
nimm sie!«*

»Was für ein Schwachsinn«, sagte ich und schlug das Buch zu. Von dem, was da stand, stimmte echt überhaupt nichts.

»Wieso Schwachsinn? Genauso war es doch, Dicki … Na ja, bis auf den Eintopf. Ich koche niemals Eintopf. Ich hasse Eintopf.«

»Wieso bist du eigentlich nicht im Salon? Habt ihr getauscht?«, fragte ich.

Es kam zwar manchmal vor, dass Mama zwischendurch kurz nach Hause ging, wenn gerade nicht so viel Kundschaft da war. (Wir wohnten ja um die Ecke, und wenn ihre Chefin anrief, war Mama innerhalb von drei Minuten wieder im Salon.) Aber einen längeren Einkaufsbummel konnte sie um diese Uhrzeit normalerweise nicht machen.

»Darüber wollte ich mit dir reden, Schatz. Ich arbeite nicht mehr im Salon.«

»Was? Wieso denn das?«

Mama erklärte mir, dass Silvia (ihre Chefin) eine blöde Kuh sei, und außerdem wäre jetzt ja genug Geld da für einen eigenen Salon, schließlich hätte sie ihren Meister letztes Jahr nicht umsonst gemacht, und einen tollen Laden zum Mieten hätte sie auch schon gefunden, der wäre einfach ideal.

»Aha? Und wo?«

»In Dahlem.«

»*Dahlem*? Warum nicht gleich Hoppegarten? Was

willst du denn da draußen? Da müsstest du ja jeden Tag ewig lang zur Arbeit fahren. Der Salon hier ist doch superpraktisch. Da kann man direkt aus dem Bett zur Arbeit rübertappen – hast du selber immer gesagt!«

So langsam kam ich mir wie Mamas großer Bruder vor. Was war nur los mit ihr?

»Das geht in Dahlem auch«, sagte sie. »Wir müssen nur hinziehen.«

Mir wurde komisch.

Das konnte doch unmöglich ihr Ernst sein. Was sollten wir denn in Dahlem? Wie sollte ich morgens zur Schule kommen? Wie sollte ich mich mal schnell mit Greg treffen, wenn er nicht mehr in der Nähe wohnte? Wie sollte ich …

»Diese Wohnung hier ist eh zu klein«, sagte Mama. »Und Dahlem ist eine sehr feine, schöne Wohngegend. Jeder will in Dahlem wohnen, *jeder!*«

»Ich aber nicht«, sagte ich.

»Ich aber«, sagte Mama.

»*Dahlem?*«, rief Greg. »Das kann doch unmöglich ihr Ernst sein! Was wollt ihr denn in Dahlem? Wie sollst du morgens zur Schule kommen? Wie sollen wir uns mal schnell treffen, wenn du nicht mehr in der Nähe wohnst? Wie …«

»Ich weiß, ich weiß«, sagte ich.

Wir saßen auf der kleinen Mauer neben den Fahrradständern im Pausenhof. Bis zum Unterrichtsbeginn waren noch ein paar Minuten Zeit.

»Das ist nicht okay von ihr!« Greg kickte eine leere Limodose weg. »So eine Scheiße!«

Mein Manager sprach aus, was ich dachte: Mama bestimmte wieder mal komplett über mein Leben.

»Das Geld, mit dem sie diesen eigenen Salon bezahlt, hast *du* doch verdient! Also müsstest du wenigstens mitbestimmen können!«

Komischerweise hatte ich irgendwie das Gefühl, Mama verteidigen zu müssen.

»Na ja. Aber sie hat ja all die Jahre Haare geschnitten und gefegt, damit wir Nudeln kaufen konnten«, sagte ich. »Und sie versteht sich halt nicht so gut mit ihrer Chefin.«

Es läutete zum Unterricht.

Auf dem Weg zum Klassenraum fiel mir auf, dass mich zum ersten Mal niemand um ein Autogramm bat. Und als wir auf unseren Plätzen saßen, setzte sich Tilo an den Nachbartisch – ohne jemanden um Erlaubnis zu fragen!

»He!«, sagte ich. »Da sitzt Elena.«

»Jetzt nicht mehr«, erwiderte er. »Elena und ich haben getauscht.«

Ich drehte mich um und sah Elena ganz hinten in der letzten Reihe – sie war gerade sehr konzentriert dabei, ihre Hefte zu ordnen. Ich versuchte es mit Pfeifen, dann mit Rufen, dann mit Schnipsen, doch sie reagierte nicht.

In der großen Pause hielt ich überall nach ihr Ausschau, aber es war wie verhext, sie war nirgends zu sehen.

Die Stimmung auf dem Schulhof hatte sich verändert. Die Schüler redeten wieder mehr miteinander, zwar nur leise, aber die Feindseligkeiten untereinander und das gegenseitige misstrauische Beobachten hatten nachgelassen. Es bildeten sich wieder kleinere Gruppen und Frau Ziegler lief von einer zur anderen und rief ganz erleichtert: »Na, seeeht ihr! Es ist doch viel, viel schöner, wenn man miteinander redet und nett zueinander ist, nicht wahr?«

Allerdings verfielen alle sofort in Schweigen, wenn Greg und ich vorbeiliefen. Und die Blicke, die uns trafen, waren alles andere als freundlich.

»Ich bin überhaupt nicht mehr beliebt!«, jammerte ich, als wir wieder im Musikanbau saßen und uns durch das Drei-Gänge-Menü arbeiteten, das Greg beim Partyservice *Das Beste für Gäste* bestellt hatte. Es war umgehend von drei weiß gekleideten Kellnern mit rollenden Warmhaltebehältern geliefert worden. (Ehrlich gesagt, schmeckte es mir nicht besonders. *Lauchschaumsüppchen* als Vorspeise! Widerlich.)

»Niemand ruft mehr meinen Namen! Keiner möchte was von mir!«

»Sei doch froh«, sagte Greg und kostete die Hummerhäppchen.

»Sie gucken mich nicht mal mehr an! Und wenn, dann böse. *Warum* denn?«

»Es könnte eventuell daran liegen, dass die freiwilligen Spenden nicht wirklich freiwillig waren«, sagte Greg und betupfte sich mit seiner gebügelten, weißen Stoffserviette die Mundwinkel.

Wir hatten noch ein paar Spendendurchgänge gemacht und die Einnahmen dann beim Rektor abgeliefert, der jedes Mal in Lobeshymnen ausgebrochen war. Bei den Schülern dagegen hielt sich die Freude über unsere Sammelaktion eher in Grenzen.

»Ganz klar ein Fehler meines Managements!«, sagte ich vorwurfsvoll.

Greg biss sich auf die Lippen und blickte mich erschrocken an. »Bin ich gefeuert?«

»Nein.«

Er atmete erleichtert auf und zückte sein Handy, das gerade hektisch zu klingeln begann.

»Greg Hartmann? Manager von Marko?«

Herr Presser fragte an, ob ich gewillt sei, einen Monat vor der Premiere an einer Pressekonferenz teilzunehmen. Es sei wirklich sehr wichtig.

»Was denn für eine Premiere?«, flüsterte ich.

»Was denn für eine Premiere?«, fragte Greg.

»MARKO! STIMME DES GLÜCKS! DAS MUSICAL«, tönte Herrn Pressers Stimme aus Gregs Handy. »Die Premiere ist am ersten Advent.«

»Nur, wenn du mitkommen kannst«, flüsterte ich.

»Nur, wenn ich mitkommen kann«, sagte Greg und grinste mich an.

Elena hielt sich von mir fern, und in den Pausen unterhielt sie sich ab und zu mit Adrian, mit dem sie in der Phase des Schweigens kein Wort gewechselt hatte.

Ich konnte kaum fassen, dass Elena sich mit diesem Schönling abgab! Ich versuchte sie anzurufen, aber ihre Mutter sagte jedes Mal, sie sei nicht da, was ich jedes Mal nicht glaubte. Wieso redete sie nicht mehr mit mir? Was hatte ich ihr denn getan? Wieso hatte sie den Platz, den ich ihr mit meinem genialen Rick-Effekt schwer erkämpft hatte, einfach so an Tilo abgetreten?

Mama, die viel besser hellsehen kann als ich, wollte wissen, ob ich vielleicht Liebeskummer hätte (weil ich öfter als sonst laut Musik hörte), aber ich hatte keine Lust, mich mit ihr zu unterhalten. Erstens sowieso nicht (weil ich wegen Dahlem sauer war) und zweitens ganz bestimmt nicht über Elena.

Unser Umzug fand ausgerechnet an Gregs dreizehntem Geburtstag statt. Greg war untröstlich, weil ich nicht zu seiner Feier kommen konnte, denn die alten Freunde aus der Grundschule, die er eingeladen hatte, hatten sich total über die Einladung gefreut, weil sie *mich* dort treffen wollten.

»Die sind bestimmt sauer, wenn du nun doch nicht dabei bist«, sagte er traurig.

Erst da fiel mir auf, dass wir uns mit den Freunden von früher ewig nicht getroffen hatten und dass ich wegen *Little Star* und allem, was danach passierte, viel zu beschäftigt gewesen war, um mal bei ihnen anzurufen. Ich nahm mir vor, es nach dem Umzug nachzuholen.

Das Haus, das Mama in Dahlem gemietet hatte, war ganz schön und hatte auch einen Garten, aber von den sechs Zimmern standen nach unserem Einzug vier leer, weil unsere paar Möbel immer noch in zwei Zimmer reinpassten, genau wie vorher.

»Das kommt dann alles, wenn der Salon fertig ist«, sagte Mama. »Komm, ich zeig ihn dir! Du wirst staunen!«

Wir liefen fünf Minuten bis zur nächsten größeren Straße, und als ich Mamas Salon sah, staunte ich wirklich *sehr*, denn er war im Grunde gar nicht vorhanden. Es war nur ein kleines, gelbes Haus mit Mini-Fenstern und über der Tür hing nicht mal ein Schild, auf dem *Frisörsalon* stand. Vom Bürgersteig aus musste man auf schwankenden Planken über ein Riesenloch voller Matsch balancieren, um zum Eingang zu gelangen.

Mama schloss auf, und als wir reingingen, war in dem gelben Haus einfach *nichts*. Kein Spiegel, kein Sessel, kein Haarwaschbecken – nur eine Glühbirne, die einsam an der Decke hing.

Ich räusperte mich. »Äh … Wann wird der Salon denn fertig sein?«

»Oh, das geht fix«, sagte Mama. »Im Moment sind die Handwerker noch dabei, die Wände neu zu machen und hinten eine Toilette einzubauen. Dann kommt das Laminat und dann die Einrichtung … In ein paar Wochen ist alles schick!«

»Da hättest du ja auch den leeren Laden neben unserem Hauseingang in der Katzbachstraße mieten können«, sagte ich. »Der sieht echt genauso aus.«

»Red keinen Unsinn, Dicki. Das hier ist eine viel bessere Lage. Hier wohnen die allerbesten Kundinnen!«

»Und wo ist die nächste U-Bahn-Station?«

Wir hatten nämlich den Bus genommen, total umständlich, mit dreimal Umsteigen.

Mama erklärte, die U-Bahn sei zwar ein bisschen weiter weg, aber sie hätte das Problem bereits gelöst und bei einem VIP-Service einen tollen schwarzen Wagen mit Chauffeur bestellt, der mich zur Schule und sie zu Aldi fahren würde.

»Wow«, sagte ich. »Kann ich damit morgens auch bei Greg vorbeifahren und ihn abholen?«

»Klar«, sagte Mama.

»Wow.«

Ich musste jeden Morgen eine Stunde früher auf-
stehen, aber Mamas Mietwagen war nicht übel. Er
sah ungefähr so aus wie die, aus denen Präsidenten
aussteigen, wenn sie die Bundeskanzlerin besuchen.
Groß genug, um darin zu wohnen.

Greg fielen fast die Augen aus dem Kopf, als ich ihn
am Montagmorgen vor seiner Haustür in der Nostitz-
straße abholte. »Was für ein Megaschlitten!«, rief er
begeistert. »Gibt es hier drin eine Minibar? Oh, was
ist das?«

Ich drückte ihm mein verspätetes Geburtstagsge-
schenk in die Hand und sagte noch mal, wie leid es
mir täte, dass ich nicht zu seiner Feier hatte kommen
können.

»Ein Samsung Galaxy Tablet mit Android 4.0 und
16 Gigabyte Arbeitsspeicher!«, rief Greg, als er es aufriss. »Bist du komplett verrückt geworden? Woher
wusstest du ... Du bist der genialste Hellseher der Welt!«

»Da vorne rechts bitte«, sagte ich zu dem Fahrer, einem freundlichen, alten Herrn mit Schirmmütze und tausend Runzeln im Gesicht.

»Sehr wohl, die Herren«, antwortete er.

Als wir vor der Schule hielten und aus meiner Limousine stiegen, standen gerade ausgerechnet Gernot, Kevin und Adrian vor dem Tor und glotzten.

»Seht mal, wer da kommt«, sagte Adrian zu seinen beiden Kumpanen. »Mr. Großkotz und sein treuer Diener! Ist euch die U-Bahn zu unbequem geworden?«

Wir versuchten die drei gar nicht zu beachten und gingen wortlos an ihnen vorbei.

Als wir den Klassenraum betraten, fiel mir sofort auf, dass Elena wieder mal woanders saß. Von Tilos früherem Platz in der letzten Reihe aus hatte sie erst mit Nora, dann mit Pia und nun mit Heiko getauscht und sich so ein ganzes Stück schräg nach rechts vorgearbeitet. Für mich bestand kein Zweifel: Wenn man die Punkte ihrer vielen Sitzplätze zu einer Kurve verband, näherte diese Kurve sich eindeutig dem Sitzplatz von Adrian!

Ein ganz neues, bis dahin völlig unbekanntes Gefühl ergriff von mir Besitz: eine Riesenwut auf Elena. Ich fühlte mich von ihr völlig ungerecht behandelt! Ich fühlte mich grausam und grundlos abgewiesen. Von ihr zum Deppen gemacht! Betrogen und gedemütigt! Wie konnte sie mich nicht mehr mögen, ob-

wohl ich ein Star war? Ich war der Sieger einer Fernsehshow, ich hatte einen Haufen Geld gewonnen, ich
hatte einen super Haarschnitt, ich sah aus wie Neo,
ich war cool, ich war berühmt … Und trotzdem wollte sie nicht mehr neben mir sitzen und übersah mich
einfach?

In der großen Pause redete ich von nichts anderem
als von Elena und wie unverschämt ich es fand, dass
sie mich nicht mehr beachtete.

»Na ja, da ist sie leider nicht die Einzige«, erwiderte Greg. »Vielleicht sollten wir mal über eine gute
Imagekampagne für dich nachdenken. Wir könnten
Plakate drucken lassen. Mit guten Slogans. Wie bei
der Wahl des Berliner Bürgermeisters, verstehst du.
Da sieht man doch immer riesengroß sein Gesicht auf
dem Plakat und darunter stehen dann so überzeugen-
de Sprüche wie: *Er ist und bleibt unser Bürgermeister,
weil er es schon immer war!* So was hilft bestimmt.«

»Aber wie kann Elena so gemein sein … Sag mal,
meinst du eigentlich, sie ist in Adrian verknallt?«

»Woher soll ich das wissen?« Greg zuckte mit den
Achseln. »Du bist doch der Hellseher. Also schau in
ihrem Kopf nach.«

Sein Tipp mit dem Nachschauen ließ mir keine
Ruhe, also schlich ich mich nachmittags während des
Sportunterrichts in unseren leeren Klassenraum, um
einen Blick in Elenas Schultasche zu werfen. Fast das

Erste, was ich herausholte, war ein kleines Buch mit blauem Stoffeinband, und als ich es aufschlug und mir die letzten beschriebenen Seiten durchlas, stand dort tatsächlich genau das, was ich befürchtet hatte: *Adrian, Adrian, Adrian, Adrian, Adrian …*

Während wir nach der Schule in meinem Superschlitten durch Berlin kutschierten, redete ich kein Wort und starrte die ganze Zeit finster vor mich hin. Bis Greg plötzlich zusammenzuckte und »Stopp!« brüllte, worauf der nette, alte Fahrer so erschrak, dass er eine Vollbremsung machte.

»O Gott, was ist denn?«, fragte ich.

»Da!«, sagte Greg. »Siehst du denn nicht das Plakat da an dem Zaun?«

Wir stiegen aus, um es genauer zu betrachten.

Auf dem Plakat war ein Junge zu sehen, der meine Neo-Frisur trug und ungefähr so bescheuert guckte wie ich auf dem Umschlag des Marko-Buches. Darunter stand in dicken Goldbuchstaben:

MARKO! STIMME DES GLÜCKS! DAS MUSICAL
MIT LORENZO DI FORTUNATO
IN DER TITELROLLE!
PREMIERE AM 2. DEZEMBER (1. ADVENT)
UM 20 UHR IM UMGEBAUTEN ZOOPALAST!

»Wow, Lorenzo di Fortunato!«, rief Greg.

»Und wer ist das?«, fragte ich.

Greg verdrehte die Augen und meinte, vom Showbusiness hätte ich echt keine Ahnung und dass Lorenzo di Fortunato ein supergenialer Sänger sei, der letztes Jahr die achte Staffel von *Deutschland sucht den Musicalstar* gewonnen hätte, und dass der mich auf der Bühne spielen würde, wäre echt der Oberhammer!

Mich beeindruckte ehrlich gesagt viel mehr, dass auf dem Plakat was von Zoopalast stand, dem riesengroßen, alten Kino am Bahnhof Zoo. Es war schon eine Weile her, dass Mama und ich dort einen Film geguckt hatten – keine Ahnung, welchen, aber der Kinosaal war einfach riesig, daran erinnerte ich mich noch.

Wir fuhren sofort hin und entdeckten unterwegs noch mehr Plakate, praktisch fast an jeder Ecke.

»Sehr gut für deine Imagekampagne«, freute sich Greg. »Da brauchen wir vielleicht gar keine eigenen zu drucken! Ich bitte Herrn Presser einfach, direkt vor der Schule zehn Stück davon aufzuhängen …«

Über dem Eingang vom Zoopalast prangte ein blinkender Marko-Schriftzug und daneben riesengroß das strahlende Gesicht von diesem Lorenzo, mit einem Mikrofon vor dem Mund. Der ganze Eingangsbereich war mit Leuchtgirlanden geschmückt und in den Glasvitrinen hingen Unmengen von Szenenfotos aus dem Stück.

Ich war so beeindruckt, dass ich mein Elena-Unglück ein paar Minuten lang vergaß.

Zwei Tage später fand im Foyer des umgebauten Zoopalastes die Pressekonferenz statt – ehrlich gesagt, die seltsamste Veranstaltung, die ich je erlebt habe. Wir saßen an einem langen Tisch mit weißen Tischdecken, jeder vor einem eigenen Mikrofon. Neben jedem Mikrofon stand ein halb eingeschenktes Glas Mineralwasser und gleich daneben die dazugehörige kleine grüne Mineralwasserflasche. Hinter uns war eine große Fotoleinwand mit Lorenzos singendem Gesicht und vor uns standen Unmengen von Reportern mit meterlangen Linsen, die wahrscheinlich jeden kleinsten Pickel fotografieren konnten.

Ich saß zwischen Greg und Herrn Presser, der extra aus Köln angereist gekommen war und sich sehr freute, mich endlich einmal persönlich kennenzulernen, wie er sagte.

»Markos Management soll auch anwesend sein«, lautete die erste Frage eines Reporters. »Wer von Ihnen ist das bitte?«

»Ich«, sagten Greg und Herr Presser wie aus einem Mund und warfen sich finstere Blicke zu, worauf Herr Presser einen schimmernden Kuli aus der Brusttasche seines Jacketts zückte, um sich etwas zu notieren.

Rechts von ihm saß Lorenzo di Fortunato, und

rechts von Lorenzo saß Maria Gerten, die Regisseurin des Stücks, die knallrot gefärbte Haare hatte.

Lorenzo war braungebrannt und hatte ungewöhnlich geschwungene Augenbrauen. (Greg flüsterte mir zu, er sei zweiundzwanzig, aber ich fand, er sah nicht mal aus wie sechzehn.) Und er redete ungewöhnlich schnell.

»Es ist so eine super Ehre, Marko spielen zu dürfen«, sagte er. »Ich kann's noch gar nicht glauben und hab mir die beiden Sendungen natürlich noch mal angesehen, jede Bewegung von Marko. Wie er geht, wie er lacht, wie er spricht, wie er guckt, wie er …«

»Habt ihr euch auch mal getroffen?«, fragte ein Reporter aus der ersten Reihe.

»Nein, aber ich hab natürlich seine Biografie gelesen, *Marko – Die Stimme des Glücks*. Und dann hab ich erst mal nur geheult, weil's mir so total unter die Haut ging, besonders die Geschichte mit der Tante und wie Marko nur an sie gedacht hat und kein bisschen an sich selber, obwohl er sich für das Geld doch wer weiß was hätte kaufen können …«

Lorenzo beugte sich vor und lächelte mich an.

Ich lächelte ebenfalls und legte möglichst unauffällig die rechte Hand auf mein teures Smartphone, ließ sie eine Weile dort liegen und steckte das Smartphone dann, ebenfalls möglichst unauffällig, in meine Hosentasche.

Eine weitere brenzlige Situation entstand wenig später, als mich ein Reporter direkt nach meiner Tante fragte.

»Wie geht es ihr heute und wie oft siehst du sie?«

»Es geht ihr gut«, sagte ich. »Sie lebt in São Paulo …«

»In Rio de Janeiro«, flüsterte Greg.

Ich spürte, wie mir plötzlich viel zu warm wurde. »Weil sie nämlich umgezogen ist«, fügte ich eilig hinzu. »Und ihrem Knie geht es schon viel besser.«

»Ihrem Knie?«, fragte der Reporter. »War es nicht ein Blinddarmdurchbruch?«

Ich spürte das schneckenlahme Kriechen kleiner Schweißperlen auf meinem Gesicht und musste plötzlich an den armen, netten Lukas beim *Little-Star*-Finale denken. »Ja, zuerst war es der Blinddarm, aber, aber … das mit dem Knie kam ja keine zwei Wochen später«, erklärte ich.

Während ich versuchte, mit einem vorgetäuschten Hustenanfall Zeit zu gewinnen, schaltete Greg sich ein und erzählte die traurige Geschichte, wie meine Tante zwei Wochen nach der Blinddarm-OP morgens auf dem Weg zur Kirche auf einer Bananenschale ausgerutscht war, die ein Schulkind achtlos fortgeworfen hatte. Drei Monate lang hatte die arme Tante hinterher auf Krücken gehen müssen. Greg stand kurz auf, um Tante Merimas unsicheren Gang vorzuführen, worauf ein begeistertes Blitzlichtgewitter losbrach und die sonst recht schweigsame Regisseurin sich räusperte und ankündigte, die Geschichte auf jeden Fall noch in das Stück einzubauen.

Als die ganze Fragerei endlich vorbei war, nahm Herr Presser mich kurz beiseite, steckte mir seine Visitenkarte zu und sagte leise: »Marko, falls du mal wegmöchtest und Urlaub brauchst, sag mir einfach Bescheid. *Vero-TV* würde sich freuen, wenn du deine Tante mal besuchst. Wir würden das natürlich filmen, aber keine Sorge, nur ganz nebenbei. Wir halten uns völlig im Hintergrund!«

Ich bedankte mich für das nette Angebot und versprach darüber nachzudenken.

Was die Idee anging, vor unserer Schule zehn Marko-Plakate aufzuhängen, waren Greg und Herr Presser sich ausnahmsweise mal einig, und schon zwei Tage später lächelte Lorenzo di Fortunato zehnmal unser Schultor an und sorgte im Eingangsbereich für einen Stau, weil fast alle Schüler vor den Plakaten stehen blieben.

Leider stellte die Kampagne sich in Bezug auf Elena als Flop heraus, denn an ihrer Begeisterung für Adrian schien sich nichts zu ändern. Im Gegenteil, in den großen Pausen sah ich sie immer öfter mit Adrian, Kevin und Gernot herumstehen (die Zeit des Schweigens war endgültig vorbei), und bei meinem letzten Anruf hatte mir ihre Mutter kurz und bündig mitgeteilt, ich solle bitte aufhören, sie ständig zu belästigen.

Vor lauter Wut schlich ich mich während des Sportunterrichts zum zweiten Mal in unseren Klassenraum, und als Frau Ziegler am nächsten Morgen

die Tafel aufklappte, stand dort in großen, roten Krei-
debuchstaben:

ACH, ADRIAN!
ICH BIN TOTAL VERKNALLT IN DICH!
DEINE ELENA

Die Klasse brach in schallendes Gelächter aus und Elena fing fast an zu heulen und rannte nach draußen.

»Wer immer das war, es ist kein bisschen lustig«,
bemerkte Frau Ziegler und wischte die roten Buchsta-
ben weg.

In der großen Pause saßen Greg und ich im Musikanbau und warteten auf unser Mittagessen, als die Tür
aufgerissen wurde und Elena hereinstürmte.

»Das hätte ich nie von dir gedacht, Marko!«, brüllte sie mich an.

Greg meinte, er hätte dringend etwas zu erledigen,
und verließ den Raum.

»Wovon redest du?«, fragte ich.

»Tu doch nicht so, alle wissen, dass *du* das an die
Tafel geschrieben hast! So was ist total mies!«

»Wieso denn ich?«

»Weil du hier an unserer Schule der Supertyp bist,
der alle Geheimnisse kennt, das hast du doch selber
laut herumposaunt!«

»Ach, dann stimmt das also, was da an der Tafel stand?« Ich zog eine Augenbraue hoch.

»Ich bin echt nicht hergekommen, um mit dir darüber zu reden!«, blaffte sie.

»Gut, dann lass uns mal darüber reden, warum du so tust, als wäre ich Luft, und warum deine Mutter mich am Telefon abwürgt!«, blaffte ich zurück.

»Du merkst echt überhaupt nichts mehr! Du und Greg, ihr verbreitet hier nur Angst und Schrecken, das ist so was von widerlich! Und dann nutzt ihr die Angst der Leute auch noch aus, um Geld zu erpressen! Und da wunderst du dich?«

»Es ist für einen guten Zweck«, sagte ich beleidigt.

»Toll, und die Hälfte der Schüler muss zu Hause klauen, um für euren guten Zweck bezahlen zu können!«

Ich blickte sie erschrocken an.

»Wenn du schon hellsehen kannst, hättest du dich lieber mal mit diesem Problem beschäftigen sollen, anstatt die Tafel vollzuschmieren!«

»Wieso, das kann doch auch jemand anders gewesen sein!«, rief ich. »Schließlich könnte *jeder* in unserer Klasse in deine Schultasche gucken und dein Tagebuch lesen!«

In der Sekunde, als ich es aussprach, merkte ich, dass mir der dämlichste Fehler aller Zeiten unterlaufen war. Elena starrte mich wie versteinert an.

»Was für ein Arschloch du bist«, sagte sie schließlich. »Und ich fand dich mal nett.« Dann ging sie und knallte die Tür hinter sich zu.

Gleich nach der Pause stellte fast die gesamte Klasse einen Misstrauensantrag gegen mich, und bei der anschließenden Neuwahl wurde Adrian mit vierundzwanzig Stimmen gegen eine zum neuen Klassensprecher gewählt.

Als Greg und ich nach Unterrichtsschluss durch die Toreinfahrt liefen, ertönten von allen Seiten Pfiffe und Buhrufe, und von den zehn lächelnden Lorenzo di Fortunatos vor dem Eingang waren acht in Fetzen gerissen und zwei mit Hundekacke beschmiert. Wir flüchteten in meine wartende schwarze Limousine und brausten mit quietschenden Reifen davon.

»Elena ist eine blöde Kuh!«, schimpfte ich.

»Komm doch mit zu mir«, schlug Greg vor. »Meine Mutter macht heute Schnitzel.«

Greg wohnt in einem superschön renovierten Altbau mit schnörkeligen Treppengeländern und in seiner Wohnung knarren bei jedem Schritt die abgezogenen und polierten Dielen. Weil sein Neuvater alte Möbel so toll findet, stehen in allen Zimmern alte Schränke und Vitrinen, und die Stühle haben geschwungene Beine und sehen aus, als hätten sie früher mal einem französischen König gehört.

Vor meinem Umzug hatten Greg und ich uns meistens bei mir in der Katzbachstraße getroffen, aber seit ich in Dahlem wohnte, gingen wir öfter mal zu ihm. Seine Mutter ist nett, finde ich, aber das Gespräch, das sie mit mir führte, während sie die Schnitzel in der Pfanne wendete, gefiel Greg ganz und gar nicht.

»Greg ist so froh, dass er dich zum Freund hat!«, sagte sie und stellte den Kartoffelsalat auf den Küchentisch.

»*Mama!*«, sagte Greg und stöhnte.

»Und er war so traurig, dass du nicht zu seinem Geburtstag kommen konntest …«

Greg stöhnte noch mal und bereute offensichtlich, mich zu sich nach Hause eingeladen zu haben.

»Ach, ja«, sagte ich. »Ich hab ganz vergessen dich zu fragen, wie es war.«

»Es war blöd«, sagte er. »Als sie hörten, dass du nicht kommst, sind sie wieder nach Hause gegangen …«

»Mann, das tut mir leid!«

»Macht nichts. Jetzt weiß ich immerhin, dass sie doof sind.«

»Genau«, sagte Gregs Mutter.

Nach dem Essen gingen wir in sein Zimmer und er zeigte mir die beiden neuesten Stücke seiner Steinsammlung: zwei versteinerte Seeigel, wahrscheinlich aus der Zeit der Dinosaurier.

»Toll«, sagte ich. »Greg, ich wollte dir noch sagen, dass das mit meiner Tante in Brasilien gar nicht stimmt.«

»Hab ich mir schon irgendwie gedacht.«

»Meine Mutter hat die Geschichte damals erfunden und dem Fernsehsender einfach so erzählt.«

»Ist doch nicht so schlimm.«

»Danke, dass du die blöden Reporterfragen beantwortet hast. Du bist ein toller Manager.«

»Echt?« Er guckte mich an. »Ich finde, ich hab alles versaut. Alles läuft total schief.«

Erst jetzt fiel mir auf, wie unglücklich er aussah. »Ich glaube, ich hab's selber versaut«, sagte ich. »Und du bist echt mein bester Freund.« Ich klopfte ihm tröstend auf die Schulter.

Greg lächelte ein bisschen und schaute mich erleichtert an.

Ich lächelte zurück.

Seltsamerweise schloss er die Augen.

Sein Gesicht kam plötzlich näher, und im nächsten Moment spürte ich, wie unsere Lippen sich berührten!

»Greg!« Ich sprang auf. »Was war *das* denn?«

»Entschuldige, aber ich dachte …«

Ich glotzte ihn sprachlos an.

»Verdammt! Sag doch was!«, jammerte er.

»Ich, äh … Ich bin … *überrascht!*«, sagte ich.

»Tut mir leid. Erzähl es keinem, okay?«

»Okay. Aber jetzt muss ich gehen.«

Ich schnappte mir meine Schultasche und rannte durch die Diele zur Tür.

»Tschüss, Marko!«, rief Gregs Mutter aus dem Wohnzimmer.

Als ich die Tür hinter mir zuzog, fiel sie viel zu laut ins Schloss.

Ehrlich gesagt: Meinen ersten Kuss hatte ich mir irgendwie anders vorgestellt.

Seit unserem Umzug hatte Mama meistens miese Laune. Sie beschwerte sich bei mir, weil sie erst aus dem Fernsehen von der Pressekonferenz im Zoopalast erfahren hatte. (Ich hatte wirklich keine Lust gehabt, sie mitzunehmen, und ihr einfach nichts davon erzählt.)

»Und jedes Mal, wenn ich versuche dich anzurufen, meldet sich dein Managerfreund Greg und verspricht, dass du zurückrufst, was dann aber nicht passiert!«, schimpfte Mama. »Du redest überhaupt nicht mehr mit mir!«

Das stimmte, denn es machte einfach keinen Spaß, mit ihr zu reden, wenn sie dauernd miese Laune hatte.

»Weil du immer nur von deiner blöden Baustelle erzählst!«, sagte ich. »Was soll ich denn da groß mit dir reden? In deinem Kopf geht es doch nur um die Handwerker!«

»Kann ich was dafür?«, rief Mama. »Diese Handwerker machen mich wahnsinnig!« Und dann erzählte sie wieder eine halbe Stunde lang von ihren Handwerkern, und ich bereute, das Thema erwähnt zu haben.

Ich glaube ja, ihre miese Laune kam nicht nur von den Handwerkern, sondern vor allem von der Langeweile. Den ganzen Tag lang saß Mama in unserem halb eingerichteten Haus und las Illustrierte. Manchmal fuhr sie mit der schwarzen Limousine shoppen, und ab und zu traf sie sich mit Toxy in einem Café in Mitte, nicht weit von ihrem Büro, weil Toxy immer nur so wenig Zeit hatte. Mama war total enttäuscht, dass sie uns nie besuchte, weil es ihr nach Dahlem raus angeblich zu weit war – aber Toxy war auch in Kreuzberg nicht sehr oft vorbeigekommen.

Immerhin telefonierten die beiden noch regelmäßig. »Ich hab's geschafft, Toxy«, hörte ich Mama sagen. »Ich steh jetzt endlich auf eigenen Beinen. Ich habe meinen eigenen Salon und bin mein eigener Chef! Und mein Sohn ist ein Star!«

Das Problem war bloß, dass sie den Salon in Wirklichkeit noch gar nicht hatte.

Jeden Tag um vier Uhr nachmittags zog Mama ihren eleganten weißen Pusteblumenmantel und die weißen Handschuhe an, setzte sich eine schwarze Sonnenbrille mit Goldrand auf und stakste auf ihren hohen Schuhen zur Baustelle, um nachzusehen, wie weit die Handwerker mit dem Salon waren.

Anfangs war ich ein paar Mal mitgekommen, aber

weil sich eigentlich nicht sehr viel änderte, ließ ich es irgendwann bleiben. Das kleine Haus war inzwischen grün statt gelb und drinnen brannten drei Glühbirnen statt einer, ansonsten war eigentlich alles noch genauso wie vorher.

Jeden Tag um zwanzig nach vier bekam Mama einen Nervenzusammenbruch und blaffte die Handwerker an, sie hätten hier ja schließlich keinen Flughafen zu bauen, sondern nur einen kleinen Frisörsalon, und irgendwann in diesem Leben müsste sie auch mal wieder Haare schneiden und Geld verdienen! Dann lautete die Antwort der Handwerker jedes Mal: »Keine Sorge, junge Frau, das wird schon.«

Aber es wurde nicht.

»Dir ist unser Salon wohl ganz egal«, sagte Mama zu mir. »Du gehst ja nicht mal mehr mit hin ...«

»Es ist *dein* Salon«, erwiderte ich. »Und außerdem hab ich echt eigene Sorgen ... Aber die interessieren dich ja nicht.«

Sie schwieg einen Moment und schaute mich nachdenklich an. Dann sagte sie: »Du bleibst hier auf dem Sofa sitzen!«, und rannte in die Küche, um Saft und Kekse zu holen.

»Los«, sagte sie und drückte mir ein Glas Saft in die Hand. »Erzähl mir alles. Aber von vorne.«

Ich erzählte von Regines Überfall auf Elena, von der miesen Stimmung in den Pausen, von den Spenden für die Klos und von Adrian, der nun Klassensprecher war. Von den Pfiffen und Buhrufen und den mit Hundekacke beschmierten Plakaten. Und wie schlimm es war, morgens in die Schule zu kommen. (Besonders seit Greg seltsamerweise fehlte, was bisher noch nie vorgekommen war. Ich fuhr jeden Tag bei ihm vorbei und klingelte und hatte schon ungefähr hundertmal angerufen, aber er meldete sich nicht.) Adrian, Kevin und Gernot rempelten mich an, die jüngeren Schüler bewarfen mich in den großen Pausen kichernd mit welkem Laub und Regine und ihr Schlägertrupp hatten mich im Stadtpark überfallen und mir Löcher in meinen Matrixmantel geschnitten.

Mama regte sich total auf und war der Meinung, dass man einen Star wie mich so nicht behandeln dürfte.

»Diese Biester!«, rief sie empört, griff zum Telefon und bestellte mir beim VIP-Service für den nächsten Tag zwei Bodyguards.

Die Idee war gar nicht so schlecht, denn als ich am nächsten Morgen mit Henry und Henry durch den Schulkorridor marschierte, blieben alle Schüler erschrocken stehen, und niemand traute sich, einen blöden Spruch zu reißen.

Henry und Henry waren ungefähr so groß und breit wie Shrek und hatten baumstammdicke Oberarme. Beide trugen schwarze Anzüge, schwarze Brillen und schwarze Hüte und wirkten dadurch fast wie Zwillinge, obwohl sie es nicht waren. (Wahrscheinlich hießen sie in Wirklichkeit gar nicht Henry und Henry.) Vor unserem Klassenraum nahmen sie lässig Kaugummi kauend links und rechts von der Tür Aufstellung und durchsuchten jeden, der hineinwollte, nach Waffen.

Adrian, Gernot und Kevin waren schon da, als ich hereinkam, und während Henry und Henry draußen Taschen und Jacken kontrollierten, verkündete Adrian, er wolle sich mal mit mir unterhalten.

»Was gibt's?«, fragte ich.

»Ich soll dir als Klassensprecher mitteilen, dass hier niemand mehr Angst vor dir hat. Weil nämlich niemand mehr daran glaubt, dass du unsere Geheimnisse kennst.«

»Ach, tatsächlich?«, sagte ich. »Und wieso nicht, wenn ich fragen darf?«

»Weil du bluffst.«

»Ach so, dann habe ich also ganz durch Zufall bei *Little Star* gewonnen!«

Adrian zuckte mit den Achseln. »Keine Ahnung, aber deine Hellseherei besteht ja wohl darin, dich während des Sportunterrichts in den Klassenraum zu schleichen und anderer Leute Taschen zu durchwühlen.«

»Blödsinn!«, schnaubte ich wütend.

»Und Regine sagt, dass sie dich neulich mit Aygün und Sandy im Park getroffen hat …«

»Getroffen!«

»Und sie hätte dich aufgefordert, ihr vor ihren Freundinnen ins Gesicht zu sagen, was mit ihren Eltern los ist, weil du das angeblich ja weißt, aber du *hast* es nicht gewusst.«

Die Sache war wirklich sehr peinlich gewesen, weil ich dreimal geraten und leider dreimal danebengelegen hatte.

In meiner Not war mir danach nichts Besseres eingefallen, als Regine damit zu drohen, Aygün von der Sache mit dem Ring zu erzählen, was ihr aber leider egal gewesen war, weil sie es Aygün schon selbst erzählt und sich bei ihr entschuldigt hatte. Das »Treffen« endete damit, dass Sandy und Aygün mich festhielten und Regine eine Schere zückte und mir drei Löcher in den Mantel schnitt. (Ehrlich gesagt, war ich erleichtert gewesen, dass sie mir die Schere nicht in die Hand rammte.)

»Na und? Man kann auch als Hellseher nicht alles wissen«, sagte ich trotzig. »Das kommt sogar bei den besten vor. Sogar bei Profi-Hellsehern, die die Polizei beraten. Kennt ihr nicht diese Fernsehserie, wo die Frau …?«

»Hör auf zu schwafeln«, sagte Adrian. »Du weißt doch gar nichts.«

»Ach, nein?« Mich packte die eiskalte Wut. »Willst du es darauf ankommen lassen?«, sagte ich drohend. »Ich weiß *alles,* über jeden Einzelnen von euch! Woher sollte ich sonst wohl wissen, dass Gernot Kevin in die Limodose gespuckt hat?«

»Was?«, rief Kevin und rammte Gernot seinen Ellbogen in die Seite.

»Und dass es Celina war, die Jeanette die Haarsträhne abgeschnitten hat?«

»Ach, hör doch auf damit«, sagte Adrian und winkte gelangweilt ab.

»Und dass Greg schon mal einen Jungen geküsst hat?«

Die drei sahen mich verdutzt an.

Ich hatte plötzlich das unangenehme Gefühl, mich außerhalb meines Körpers zu befinden und mir selber zuzuhören. »Das würde er mir doch sicher nicht erzählen!«, hörte ich mich sagen.

»Aber du erzählst es uns?«, erwiderte Adrian. »Du bist ja echt ein toller Freund.«

Ehe ich etwas erwidern konnte, war von draußen die wütende Stimme von Rektor Kieser zu hören, der bei uns an diesem Tag vertretungsweise Erdkunde unterrichtete.

»LASSEN SIE MICH AUF DER STELLE DURCH!«

»Keine Waffen«, sagten Henry und Henry wie aus einem Mund.

»SIND SIE VERRÜCKT GEWORDEN? ICH BIN DER REKTOR UND DAS HIER IST EIN ZEIGESTOCK! VERLASSEN SIE AUF DER STELLE DAS SCHULGELÄNDE!«

»Keine Waffen«, wiederholten Henry und Henry.

Ich warf einen besorgten Blick durch die offene Tür und sah, wie Henry und Henry Rektor Kieser von beiden Seiten unter den Achseln packten und ihn samt seinem Zeigestock zum Ausgang trugen.

Rektor Kieser rief am Abend bei uns an, was dazu führte, dass Mama am Telefon komplett ausrastete.

»So etwas muss ich mir von Ihnen doch nicht bieten lassen!«, brüllte sie. »Mein Sohn ist ein Star! Mit einem unglaublich seltenen Talent! Jede andere Schule wäre glücklich, ihn bei sich zu haben, die anderen Eltern können mich mal!«

Sie knallte den Hörer auf.

Ich biss mir auf die Lippen.

»Was war denn?«

»Du sollst ab morgen nicht mehr zum Unterricht erscheinen! Dieser Kieser will dich von der Schule werfen!«, schnaubte sie. »Wegen negativer Beeinflussung des Schulklimas. Und wegen Erpressung. Angeblich haben sich andere Eltern bei ihm beschwert, du hättest ihre Kinder gezwungen, dir Geld zu geben! So eine Unverschämtheit! Ich habe ihm gesagt, dass du so etwas nie tun würdest!«

»Na ja …«, begann ich.

»Und überhaupt: Wie redet der eigentlich mit mir? Du bist ein Star … Und ich bin deine Mutter!«

»Ich muss dir etwas sagen«, murmelte ich.

»Was denn?«

»Ich bin kein Star. Das war alles irgendwie ein Missverständnis. Ich … Ich kann überhaupt nicht hellsehen.«

Ich war total erleichtert, ihr endlich die Wahrheit zu sagen.

Mama strich mir übers Haar. »Aber das weiß ich doch längst, Dicki.«

»Was? Du *weißt* es?« Ich zuckte zurück.

»Ich hab's mir schon gedacht, weil du nicht Lotto spielen wolltest …«

»Und du findest das gar nicht schlimm?«

Mama lachte. »Nein, warum auch? Schließlich verdienen wir einen Haufen Kohle damit! Hauptsache, die *anderen* Leute denken, dass du's kannst … Und ein Star bist du doch trotzdem!«

Ich drehte mich wortlos um, ging in mein Zimmer und schloss mich für den Rest des Abends ein.

Mama hämmerte ungefähr hundertmal an meine Tür und fragte, was denn mit mir los sei. Aber ich antwortete nicht und irgendwann gab sie es endlich auf und ließ mich in Ruhe.

Wie kann es sein, dass man gerade noch ein Star ist und total beliebt, und wenig später hassen einen alle?

Ich lag fast die ganze Nacht wach und grübelte darüber nach, was in letzter Zeit passiert war.

Wieso hatte ich Elena so mies behandelt, obwohl ich sie doch wirklich toll fand?

Wieso hatte ich Greg verraten, obwohl er doch mein bester Freund war?

Ich hatte alles komplett vermasselt.

Ich war ein Vollidiot.

Und ein mieser Freund, da hatte Adrian ganz recht.

Megamies.

Am nächsten Morgen wachte ich später auf als sonst und wollte schon panisch aus dem Bett springen, als mir wieder einfiel, dass ich ja gar nicht in die Schule gehen *durfte!*

Auf dem Küchentisch fand ich einen Zettel mit Mamas krakeliger Handschrift:

Bin mit der Limousine zur Schule, um mit
dem Rektor zu reden. Der kann was erleben!
Schlaf schön aus, bis später. Mama

Ich stöhnte und machte mir erst mal Frühstück. Vier Toasts mit Marmelade und zwei Gläser O-Saft. Dann griff ich zum Smartphone, um bei Greg anzurufen.

Aber als ich gerade seine Kurzwahl drücken wollte, kam ein Anruf und auf dem Display erschien seine Nummer!

»Greg? Hallo, Greg?«

Rauschen und Knistern waren zu hören, und ich rannte in eins der leeren Zimmer, weil der Empfang dort besser war.

»Hallo?«

Meine Stimme hallte gespenstisch von den kahlen Wänden.

»Marko? Hier ist Gregs Mutter. Ist Greg bei dir?«

Es klang, als wäre sie am Schluchzen!

»Nein. Wieso?«

Greg war seit gestern Abend verschwunden, erzählte sie. Am Nachmittag hatte er Besuch von drei Mitschülern bekommen – angeblich wollten sie Greg wichtige Hausaufgaben vorbeibringen. Aber als die drei gegangen waren, hatte Greg sich furchtbar aufgeregt.

»Adrian, Gernot und Kevin!«, rief ich. »Diese Idioten!«

»Greg war vorher ja ein paar Tage krank …«, sagte seine Mutter. »Hattet ihr euch wegen irgendwas gestritten?«

»Äh, nein.«

»Ich mache mir solche Sorgen.« Sie fing an zu weinen. »Er hat sein Handy nicht mitgenommen. Und er ist vorher noch nie über Nacht weggeblieben … Ich dachte, wenn du hellsehen kannst …«

»Vielleicht ist er bei seinem Vater in Hamburg?«

»Nein, da habe ich schon angerufen … Da wollte er erst morgen hinfahren. Wegen dieser Ausstellung über Meteoriten und das Aussterben der Dinosaurier.«

»*Dinosaurier!*«, schrie ich. »Ich glaube, ich weiß, wo er ist … Ich melde mich, bis später!«

»Marko!«

Ich legte auf und bestellte ein Taxi.

Es war immer noch nicht richtig hell, als ich die Anhöhe erreichte. Schmutzig graue Wolken hingen über dem Schrottplatz und eine löcherige Decke aus Nebelschwaden deckte die Autowracks zu. Die Monster mit den Greifkrallen schliefen noch und die gewaltigen Kiefer des Dinosauriermauls waren geschlossen.

Ich stapfte über die feuchte Wiese zur verlassenen Laubenpieperanlage hinüber und spähte über den Maschendrahtzaun. Reihenweise Hütten und verfallene Gärten. Wie sollte ich da herausfinden, welche Laube früher einmal Gregs Familie gehört hatte?

Ich marschierte am Zaun entlang und entdeckte eine Stelle, wo der Maschendraht so heftig eingedellt war, dass man locker drüberklettern konnte.

Mindestens eine halbe Stunde folgte ich den schmalen Wegen, die kaum mehr als Wege zu erkennen waren. Fußangeln aus Brombeergestrüpp schlängelten sich um meine Knöchel, unter Laubhaufen lauerten tiefe Pfützen und vor den Gartenpforten wucherten matschige, verwelkte Brennnesseln.

Eine hysterisch piepsende Amsel flüchtete vor mir in einen Garten, wo sich ein uralter Baum auf zwei lange Pfähle stützte – wie ein gebeugter, alter Mann mit Krücken.

Eine Weile betrachtete ich ihn, dann sah ich im Fenster der kleinen Hütte hinter dem Baum plötzlich etwas schimmern. Einen schwachen Lichtschein, der von Zeit zu Zeit aufflackerte und wieder erlosch.

Ich lief zur Tür und drückte die Klinke hinunter.

Verriegelt.

»Greg!« Ich trat gegen die Tür. »Mach auf! Ich weiß, dass du da drin bist!«

Keine Antwort.

»Greg!«

Ich klopfte, ganz leise.

»Hau ab!«, tönte seine Stimme von drinnen.

Nachdem ich ungefähr hundertmal gesagt hatte, dass es mir leidtat, hörte ich endlich das schleifende Geräusch eines Riegels, der zur Seite glitt.

Die Tür sprang auf.

Es dauerte einen Moment, bis meine Augen sich an die Dunkelheit gewöhnten. Dann erkannte ich Greg, der mit den Beinen in einem Schlafsack steckte. Er machte zwei große Sprünge und ließ sich auf ein Sofa fallen.

Eine Staubfontäne schoss hinauf bis zur Decke.

Wir husteten.

Auf dem Tisch flackerte eine Kerze.

»Mann, ist das kalt hier«, sagte ich und setzte mich auf einen Hocker.

Greg zog den Schlafsackreißverschluss bis an sein Kinn und schwieg.

»Ich weiß auch nicht, was da in mich gefahren ist«, begann ich. »Ich war wütend auf Adrian, weil er mir nicht glaubt, dass ich hellsehen kann … Ich bin *so* ein Idiot!«

»Ein Vollidiot«, verbesserte mich Greg.

»Stimmt. Und außerdem hat er leider auch noch recht: Ich kann nämlich wirklich nicht hellsehen …«

»Das weiß ich.«

»WAS? DU WEISST ES?« Hatten es etwa *alle* schon die ganze Zeit gewusst? »WOHER DENN?«

»Na, das war ja wohl nicht schwer zu erraten, als du neulich so Hals über Kopf abgehauen bist! Ich denke mal, ein *echter* Hellseher wäre wohl weniger überrascht gewesen …«

»Oh … Stimmt.«

»Bis dahin dachte ich nämlich, dass du *wirklich* alle unsere Geheimnisse kennst!«

»Tut mir leid.«

Wir schwiegen eine Weile.

Draußen begann die panische Amsel wieder zu tschilpen, als ginge es um Leben und Tod.

»Greg. Du musst deine Mutter anrufen.«

Erst antwortete er nicht und starrte aus dem Fenster ins Novembergrau hinaus. Doch als ich mein Smartphone auf den Tisch legte, sagte er: »Okay.«

Mama kam wütend aus der Schule zurück und sagte, sie sei sehr, sehr, *sehr* enttäuscht von mir. Sie hätte ja immer geglaubt, mich halbwegs zu kennen, aber was Rektor Kieser ihr da alles erzählt hätte, sei einfach unfassbar.

»Deine Geburtstagsfeier ist gestrichen«, verkündete sie.

Macht nichts, dachte ich. Es wäre ja eh niemand gekommen. Wahrscheinlich nicht mal Greg.

»Und dein Taschengeld kannst du dir in den nächsten drei Monaten auch abschminken …«

»Was? Das ist doch eh *mein* Geld! Ich bin überhaupt der Einzige, der hier im Moment Geld verdient!«

Mama wurde blass. »Raus!«, brüllte sie.

Ich verzog mich eilig in mein Zimmer.

Die nächsten Tage waren die seltsamsten, die ich je erlebt habe, denn wir wohnten zusammen im selben

Haus und redeten kaum miteinander. Mama ging nicht arbeiten, weil es immer noch keinen Salon gab, und ich ging nicht zur Schule, weil Rektor Kieser darauf bestanden hatte, dass ich dem Unterricht fürs Erste fernblieb. Die endgültige Entscheidung darüber, ob ich von der Schule fliegen würde, sollte auf jeden Fall noch vor den Weihnachtsferien gefällt werden.

Natürlich war Mama nicht nur von mir sehr, sehr, sehr enttäuscht, sondern auch von den Handwerkern, die ihre Arbeit immer wieder unterbrachen, was vor allem auch am Wetter lag. Da es fast ununterbrochen in Strömen goss (und manchmal auch schon schneite), war aus der Grube vor dem Salon ein lebensgefährlicher Sumpf geworden, in dem einer der Handwerker einsank und nur dank der Hilfe seiner Kumpels wieder rauskam. Seither steckte neben dem Eingang ein einsamer Gummistiefel im Schlamm, so bombenfest, als hätte man ihn einzementiert.

Jeden Tag gegen fünf Uhr nachmittags entkorkte Mama nach ihrem Nervenzusammenbruch auf der Baustelle eine Flasche Wein und trank sie aus. (Manchmal entkorkte sie auch eine zweite.)

Das Blöde war, dass sie fast nichts mehr aß und deshalb weder kochte noch einkaufte. (Außer Wein.)

Ich bestellte mir von meinem letzten Taschengeld Pizza, aber danach wurde es schwierig.

»Der Kühlschrank ist leer«, sagte ich mindestens dreimal am Tag.

»Ich geh gleich«, antwortete Mama jedes Mal von ihrem Sofa aus und dann nickte sie ein.

Ich klaute Geld aus ihrem Geheimversteck im Frisierkoffer und ging selber los.

Die Premiere von *MARKO! STIMME DES GLÜCKS! DAS MUSICAL* hätte ich am liebsten geschwänzt, weil Greg kurz vorher absagte. Ich hatte ihn seit dem Tag in der Laubenpieperanlage nicht mehr gesehen und mich total darauf gefreut, mit ihm zusammen hinzugehen. Aber er schickte nur eine kurze SMS, um mitzuteilen, er hätte leider keine Zeit.

»Ich hasse Musicals«, sagte ich zu Mama, aber an diesem Nachmittag hatte sie ausnahmsweise mal keinen Wein getrunken, sondern saß an ihrem Schminktisch und bemalte jede Stelle ihres Gesichts, die man bemalen konnte.

»Vergiss es, Dicki, wir gehen hin«, sagte sie.

Wir saßen auf den besten Plätzen in der ersten Reihe des neuen Zoopalastes, und Maria Gerten, die Regisseurin, hielt eine Rede und holte mich dann, während die Geigen im Orchestergraben aufjaulten, kurz auf die Bühne, damit mich alle sehen konnten.

Der Vorhang öffnete sich, und auf einem Sandstrand, eingerahmt von zehn Sambatänzerinnen mit

Federbüschen auf den Köpfen, kniete Lorenzo di
Fortunato und sang mit kummervoller Miene:

Ach, es geht mir so zu Herzen,
meine Tante leidet Schmerzen!
Das schlimmste Schicksal dieser Welt –
Leid und Krankheit und kein Geld!

Es war das Grauen. So peinlich und megakitschig,
dass ich am liebsten geflüchtet wäre. Der erste Teil
endete damit, dass sich alle auf der Bühne weinend
vor Glück in den Armen lagen, weil ich beim Pferderennen gewonnen hatte.

Noch peinlicher war die Pause, in der Mama sich
mit einem Kellner anlegte, der es nicht in Ordnung
fand, dass sie sich hintereinanderweg drei Gläser
Weißwein von seinem Tablett nahm, den Wein run-
terkippte und die leeren Gläser gleich wieder zurück-
stellte.

Ich entfernte mich ein paar Schritte von ihr, und
im nächsten Moment stürmte eine Horde Mädchen
auf mich zu, die Autogramme wollten. In Sekunden-
schnelle war ich umringt von Fans und Reportern und
musste nach links und rechts und geradeaus in Kame-
ralinsen lächeln.

Mama tauchte plötzlich wieder neben mir auf, legte
ihren Arm um meine Schulter und lächelte ebenfalls.

»Gehen Sie bitte aus dem Bild!«, rief ihr einer der Reporter zu und wedelte mit der Hand, als müsste er eine nervige Fliege vertreiben, die auf seinem Objektiv gelandet war.

»Ich bin die Mutter!«, verkündete Mama mit lauter Stimme in alle Richtungen und lächelte weiter, aber ein anderer Reporter trat auf sie zu und versuchte sie von mir wegzuziehen.

Ich weiß nicht, wie es genau passierte, aber Mama rastete komplett aus und fing an, die Kameraleute wegzuschubsen. Ich sah erschrocken zu, wie sie brüllend auf einen Mann losging, der sie zu beruhigen versuchte, während ein anderer ihren Arm packte und ihn umklammerte wie ein Schraubstock.

Ringsum begannen die Leute zu schreien oder zu lachen, und wenig später erschienen vier massige Männer, die sich einen Weg bis zur Mitte des Tumults bahnten, wo Mamas kunstvolle Hochsteckfrisur gerade in sich zusammenstürzte wie ein gesprengtes Hochhaus. Ein Hurrikan aus Haarsträhnen umwirbelte ihren Kopf, während zwei der Security-Leute sie unter den Schultern fassten und wegtrugen – wie Henry und Henry Rektor Kieser weggetragen hatten. Ich rannte hinterher und alle Fans und Reporter rannten mit.

Draußen auf dem roten Teppich setzten die Männer vom Sicherheitsdienst Mama ab, und wir stolperten zwischen den aufblitzenden Kameras bis zum Bordstein, wo unsere Limousine wartete. Schon als wir einstiegen, startete der Fahrer den Motor, dann trat er das Gaspedal durch und wir rasten durch die Nacht zurück nach Hause.

Ich stellte für alle Fälle den blauen Eimer neben das Sofa, weil Mama sich ziemlich schlecht fühlte. Sie lag mit einem kalten Waschlappen auf der Stirn da und murmelte unverständliches Zeug vor sich hin – irgendwas von Reportern und Handwerkern und Männern.

»Was hast du gesagt, Mama?«

»*Schweine,* hab ich gesagt! *Alles Schweine!*«

Zwei Minuten später war sie eingeschlafen.

Ich ging in mein Zimmer und setzte mich aufs Bett. Am liebsten hätte ich losgeheult, aber es ging nicht. Alles in mir war komplett leer.

Eine Weile saß ich einfach nur ratlos da.

Dann zückte ich mein Smartphone und wählte eine Nummer.

»Hallo, Marko. Es ist spät. Was gibt es?«

»Hallo, Herr Presser. Entschuldigen Sie die Störung, aber ich möchte meine Tante besuchen.«

»Jetzt sofort?«

»Morgen früh. Können Sie das irgendwie organisieren? Ich habe kein Geld.«

»Kein Geld?« Herr Presser lachte. »Wir helfen dir

doch gern! Also ein Kamerateam für morgen. Und einen Flug nach São Paulo …«

»Nein, nach Rügen.«

»WIE BITTE? RÜGEN?«

»Ja. Dort wohnt meine … andere Tante. Ich muss hier einfach weg. Ich brauche Urlaub. Und bitte erst mal *ohne* Kamerateam.«

Herrn Pressers Stimme klang alles andere als begeistert. »Na gut, von mir aus …«, knurrte er. »Ich schicke einen Wagen, der dich abholt. Morgen früh um …?«

»Um neun.«

»Um neun, in Ordnung.«

»Danke.«

Ich legte auf und rief bei Tante Mona an.

22

»Wo willst du hin, Dicki?«, krächzte Mama am nächsten Morgen vom Sofa, als ich mit meinem Rucksack auf dem Rücken auf Zehenspitzen durch das Wohnzimmer schlich.

»Oh, nur kurz zum Bäcker, Schrippen holen.«

»Nimm dir Geld aus dem Portemonnaie. Liegt auf dem Esstisch. Und bring mir ein Croissant mit …«

»Ist gut.«

Ich nahm mir zwanzig Euro aus der Geldbörse und verließ das Haus.

Drüben auf der anderen Straßenseite wartete bereits ein eleganter, schwarzer Wagen – was mich wunderte, denn es war noch gar nicht neun.

Ich schlenderte hinüber und öffnete die hintere Wagentür.

»Schickt Sie Herr Presser?«

»Natürlich«, antwortete eine tiefe Männerstimme vom Fahrersitz.

Ich stieg ein.

Schon eine halbe Sekunde später beschlich mich das ungute Gefühl, dass irgendwas nicht stimmte, denn die Zentralverriegelung klickte und wir rasten los wie bei einer Autoverfolgungsjagd in einem Actionfilm. Ich versuchte einen Blick durch die Fenster zu werfen, doch sie waren so dunkel getönt, dass man draußen nichts erkennen konnte.

Der Fahrer, der ab und zu in den Rückspiegel blickte, trug eine dunkle Brille und sagte keinen Ton. Panik stieg in mir auf, und ich war mir plötzlich sicher, dass dies nicht der Wagen war, den *Vero-TV* geschickt hatte! Mein Magen krampfte sich zusammen. Ich wurde entführt! Genau wie mein Vater damals, als er zum Bäcker ging! Genau wie in meinem Traum: ein schwarzer Wagen, der draußen vor der Tür stand und auf ihn wartete, als er an jenem Morgen das Haus verließ.

Mein Herz raste und in meinem Kopf jagte eine Horrorvorstellung die nächste. Wollte mein Entführer von Mama Lösegeld erpressen? War er einer der vielen falschen Väter, die bei Greg angerufen hatten und abgewimmelt worden waren? Oder ein Mörder, der mich umbringen und in Einzelteilen mit der Post zurückschicken würde? Würde er mich in ein fremdes Land verschleppen? Musste ich für den Rest meines Lebens in einer Fabrik arbeiten?

»Wo …« Ich schluckte. »Wo bringen Sie mich hin?«, fragte ich so ruhig wie möglich, obwohl mir kotzübel war.

»Zum Flughafen«, knurrte der Entführer.

Zum Flughafen! Genau wie in meinem Traum! Die Entführer brachten Papa zum Flughafen und setzten ihn in eine Maschine nach … nach …

»Nach Tasmanien?«, piepste ich panisch.

In meinem Kopf drehte sich alles, ich war in diesem Auto eingesperrt, ich musste sofort hier raus!

»Lassen Sie mich aussteigen!«, schrie ich und rüttelte am Türgriff.

Der Wagen machte eine Vollbremsung, der Mann drehte sich wütend um und schnauzte mich an: »Junger Mann, wir fahren zum Flughafen nach Tegel! Wohin Sie von da aus weiterreisen, interessiert mich nicht. Von mir aus nach Timbuktu, ist mir egal. Wenn Sie nun plötzlich andere Pläne haben, dann steigen Sie gerne aus!«

»Geht ja nicht, die Tür ist verriegelt!«

»Zu Ihrem eigenen Schutz. Damit an Ampeln nicht irgendwelche Fans die Türen aufreißen. Ist alles schon vorgekommen …«

Die Zentralverriegelung klickte.

So langsam wurde mein Puls wieder normal.

»Also, was ist jetzt?«

»Ich … äh … Zum Flughafen, bitte.«

»Mann, Mann, Mann …«, stöhnte der Fahrer, schüttelte den Kopf und trat aufs Gaspedal.

Mir war immer noch komisch, als wir in Tegel ankamen. Und als ich die Höllenmaschine sah, die mich nach Rügen fliegen sollte, wurde mir noch komischer, denn sie war kaum größer als ein Modellflugzeug. Mit vier Fensterchen und nur einem einzigen kleinen Propeller vorne dran!

Mit weichen Knien stieg ich die vier Stufen der Klapptreppe hinauf, wo mich eine freundlich lächelnde Flugbegleiterin in Empfang nahm. Auf dem Kopf trug sie ein schickes blaues Käppi und um den Hals ein blaues Tuch, auf dem in Goldbuchstaben *Vero-TV* stand.

»Und was ist, wenn der Propeller abfällt?«, fragte ich.

»Keine Sorge, wir haben hinten im Kofferraum einen Ersatzpropeller«, antwortete sie und lachte schallend, weil sie ihren Witz anscheinend so gelungen fand.

»Hahaha«, sagte ich und überlegte ernsthaft wieder auszusteigen, doch da schwang die Tür schon zu und von vorn ertönte die Stimme des Kapitäns, der mich mit einem lässigen »Hi, Marko! Los geht's!« begrüßte.

»Der Flughafen auf Rügen ist winzig klein«, erklärte die Flugbegleiterin, die Renate hieß. »Deswegen können wir dort nur mit einer kleinmotorigen Propellermaschine landen.«

Dann zeigte sie mir, wie ich bei meinem cremefarbenen Superkomfortsessel die Lehne zurückstellen und die Beinstützen ausfahren konnte. Der Sessel war echt bequem, so superkomfortbequem, dass ich kurz nach dem Start einschlief.

Als ich aufwachte, war ich bis zum Kinn mit einer cremefarbenen Flauschdecke zugedeckt, und hinter meinem Kopf klemmte ein kleines, weiches Kissen.

Ich warf einen Blick aus dem Fenster und sah unter mir ein graues Meer mit Millionen grell aufblitzender winziger Wellenberge. Weiter hinten waren Schiffe zu erkennen und links eine Küste mit hellen Felsen.

»Wir befinden uns bereits im Landeanflug«, verkündete Renate. »Dürfte ich sämtliche Passagiere nun bitten, ihre Rückenlehnen in eine aufrechte Position zu bringen und die Tische nach oben zu klappen?« Sie kicherte.

»Hahaha.« Es gab überhaupt keine Klapptische.

Unter uns tauchte ein Stück Asphalt auf, das ich zuerst für eine unfertige Straße hielt. Doch gleich daneben ragte ein kleiner Turm in die Höhe, unten schmal und gelb, oben breit und blau, wie ein Giftpilz.

Der Flughafentower.

Ich schloss die Augen, es rumste und schaukelte kurz und dann hörte ich Renates Stimme sagen: »Meine Damen und Herren, herzlich willkommen in Güttin auf Rügen. Das Wetter hier ist schmuddelig.«

Das Flughafengebäude war so groß wie ein Berliner Kinderhort und Tante Mona war die einzige Wartende in der Wartehalle.

»Wie schön, dass du kommst!« Sie umarmte mich.

»Hier war ich echt noch nie! Meine anderen Besucher kommen immer mit der Bahn …«

Wir fuhren mit ihrem alten Fiat nach Sassnitz, wo Mona in einem kleinen, grünen Haus in der Nähe vom Stadthafen wohnt – ohne Mann, ohne Kind, ohne Hund und trotzdem happy, wie sie immer sagt.

Auf der Fahrt begann es in Strömen zu gießen, und zwischen den Wasserfäden, die sich an der Scheibe entlangschlängelten, sah ich hügelige Wiesen, ein paar kahle Bäume und Büsche und darüber den unendlich weiten, grauen Himmel.

»Puh, schmuddelig«, sagte ich und Tante Mona lachte.

Mama und ich waren erst dreimal bei ihr zu Besuch gewesen. Beim ersten Mal war ich anderthalb (deshalb weiß ich auch nichts mehr davon), beim zweiten Mal fünf oder sechs und beim dritten neun. Daran erinnere ich mich sehr gut, weil es ein superschöner Sommer mit Baden und Wandern war, und Mama danach nicht wie sonst rummeckerte, dass man es mit Mona nie länger aushält als maximal eine Stunde. (Was mich echt wundert, weil die beiden manchmal stundenlang telefonieren.)

Das grüne Haus sah noch genauso aus wie früher. Ein bisschen schief, verwittert und verfroren. Die eigentlich roten Dachziegel waren ebenfalls grün, weil Moos drauf wuchs, und im Garten wucherte irgendein braunes Gestrüpp, weil Tante Mona für Gartenarbeit fast nie Zeit hatte. Nur die drei Bäume vorne an der Pforte hatten sich verändert, weil sie in der Zwischenzeit heftig gewachsen waren. (»Genau wie du«, sagte Tante Mona, als wir hineingingen.)

Ich zog in das kleine Gästezimmer, das zum Hafen raus lag, hängte meinen Rucksack an den Bettpfosten und dann setzten wir uns erst mal in die Küche und tranken Monas Lieblingsgetränk: schwarzen Tee mit weißem Kandis.

Hinterher setzte sie Wasser auf, um Spaghetti zu kochen, aber gerade als sie die Nudeln ins Wasser werfen wollte, rief eine ihrer Arzthelferinnen an, weil in der Praxis eine alte Dame röchelnd auf dem Teppich lag.

Tante Mona drehte die Herdflamme aus und griff ohne lang zu suchen nach Schlüsselbund, Handtasche und Regenjacke.

»Bin gleich wieder da, nicht böse sein!«, rief sie. »Schmier dir ein Brot, heute Abend gehen wir essen!«

Und fort war sie.

Ich machte einen Rundgang durch das Haus und sah mir die alten Möbel an – die meisten davon hatten früher meinen Großeltern gehört.

Im Wohnzimmer tickte eine große, schwarze Standuhr, mit einem Pendel, das hin- und herschwang.

Sie erinnerte mich an Papas Metronom.

Das Fischrestaurant an der Strandpromenade war sehr gemütlich, und wir hatten einen Tisch mit einer L-förmigen Bank ergattert, wo wir über Eck sitzen konnten – irgendwie mag ich das, keine Ahnung, warum.

Während Tante Mona ihren Heilbutt zu zerlegen begann und ich meinen Backfisch und die Pommes mit Ketchup übergoss, berichtete sie, dass es der alten Dame schon wieder besser ginge.

»Ihr Herz beschwert sich ab und zu«, sagte sie. »Angina pectoris. Stenose der Koronararterien.« Wenn es um Krankheiten geht, redet Tante Mona grundsätzlich Latein, egal, ob man sie versteht oder nicht. »Morgen habe ich übrigens komplett frei! Da können wir zu den Kreidefelsen gehen, wenn du magst ... Falls das Wetter mitspielt.«

»Okay.«

»Und jetzt halte ich meinen Mund, und du erzählst, was bei dir so los ist, seit du ein Star bist ...«

»Okay.«

Also erzählte ich.

Auch von den schwierigen Dingen.

Von meiner blöden Eifersucht, Elenas Tagebuch und meinen Schmierereien an der Tafel. Von Gregs Kuss und meinem Verrat. Von Henry und Henry und Rektor Kieser. Von Mamas Salon und ihrer Trinkerei. Von der peinlichen Premiere und unserem Rausschmiss. Vom Rick-Effekt und wie er funktioniert. Und dass ich in Wirklichkeit gar nicht hellsehen kann … Als ich fertig war, merkte ich, dass Tante Monas Heilbutt fast noch heil auf seinem Spinatbett lag – inzwischen musste er längst kalt sein.

Tante Mona hatte ihr Kinn in beide Hände gestützt und ihre tiefbraunen Augen blickten mich an.

»Unglaublich!«

»Oh, im Internet gibt es noch viel unglaublichere Geschichten«, sagte ich.

Tante Mona schenkte sich ein Glas Weißwein ein. »Dass deine Mutter so viel trinkt, ist gar nicht gut«, sagte sie und nahm einen ordentlichen Schluck. »Ich kann mich nur an *eine* Situation erinnern, wo es bei ihr mit dem Trinken so ähnlich war«, fuhr sie fort. »Damals, als dein Vater verschwand.«

»Hat sie ihn eigentlich geliebt?«, fragte ich.

»Oh ja.« Tante Mona nahm noch einen Schluck. »Sehr sogar.«

Ich schob meinen Teller beiseite, blickte mich nach allen Seiten um und beugte mich ein wenig vor.

»Tante Mona«, sagte ich leise. »Meinst du eigentlich, dass es sein könnte, dass mein Vater entführt wurde?«

»Entführt?«, flüsterte sie zurück. »Wie kommst du denn darauf?«

»Man weiß ja nie, was so alles passiert, und wahre Geschichten sind manchmal viel verrückter als ausgedachte! Deswegen denke ich oft, dass er vielleicht gar nicht abgehauen ist, sondern verschleppt wurde … In ein anderes Land.«

»Tja, so könnte man das sehen …«

»Echt?« Ich blickte sie verdutzt an. »Und in welches?«

Irgendwie rechnete ich fest damit, dass sie *Tasmanien* sagen würde.

»Nach England natürlich.«

»Wieso denn nach England?«

Sie runzelte die Stirn und hob die Augenbrauen. »Na, weil er Engländer ist.«

»*Was?*«

Ich erklärte Tante Mona, dass sie sich irren müsse. Dass mein Vater Frank hieße und ganz bestimmt kein Engländer sei und eines Morgens zum Bäcker ging und nie wiederkam, weil er sich nämlich aus dem Staub machen wollte und mich und Mama einfach sitzen ließ – glaubt jedenfalls Mama. Aber da wäre ich mir eben nicht so sicher.

»*Das* hat sie dir erzählt?«

»Ja.«

Tante Mona schenkte sich nach.

»Unglaublich.« Sie schob ihren Teller beiseite und beugte sich ebenfalls ein wenig vor.

»Marko. Dein Vater ist auf jeden Fall Engländer. Und er heißt zwar *Frank,* aber in der englischen Variante, also *Fränk.* Und damals, als Nina ihn kennenlernte, hieß er sowieso ganz anders, nämlich Sunny. So hat sie ihn damals jedenfalls genannt. Er war Schlagzeuger in einer Schülerband, und er war noch sehr jung, als du zur Welt kamst, gerade mal siebzehn. Und glaub mir, er war ein total netter Kerl und hat dich wirklich sehr lieb gehabt. Er wollte alles tun, um ein guter Vater zu sein. Das Problem war von Anfang an, dass seine Eltern Nina absolut nicht leiden konnten und gegen diese Beziehung waren. Und außerdem wollten sie zurück nach England und Sunny musste mit. Sie haben ihn stark unter Druck gesetzt und er war ja noch nicht volljährig. Als er Nina damals verließ, bestand überhaupt kein Zweifel, was passiert war. Seine Eltern und er gingen zurück nach England. Und dein Papa wollte es nicht ... Er hat oft geweint deswegen.«

Mir wurde komisch.

Ich konnte nichts dagegen tun.

Ich heulte einfach los.

Es war wie bei einem Staudamm, wenn die Schleusen aufgehen. Das liegt am Druck, der presst das Wasser raus.

Tante Mona strich mir über die Hand.

»Entschuldige, Marko«, sagte sie. »Ich dachte immer, du wüsstest das alles.«

An diesem Abend blieben wir lange auf und Tante Mona erzählte mir noch viel von früher. Dass sie und Mama sich immer sehr gemocht und trotzdem viel gestritten hatten. Und dass Mama wohl fand, dass mein Vater nicht genug zu ihr gehalten hatte und sich gegen seine Eltern hätte durchsetzen müssen.

»Aber ich glaube, das konnte er nicht«, sagte Tante Mona. »Dazu war er zu jung.«

Dann fiel ihr etwas ein, und sie holte ein altes Fotoalbum aus dem Schrank und zeigte mir ein Bild. Von Mama und mir, als Baby auf ihrem Arm. Und neben uns steht ein magerer, großer Junge mit langen, dunklen Haaren, der ein bisschen verlegen in die Kamera lächelt.

»Das ist er«, sagte Tante Mona.

Es war das erste Foto, das ich von meinem Vater sah.

»Mama sagt, es gibt keine Fotos von ihm!«

»Kann schon sein«, sagte Tante Mona. »Aber dieses hier habe ich damals kurz nach deiner Geburt gemacht.«

Ich schaute mir das Foto lange an.

»Oh, schon Mitternacht«, sagte Tante Mona plötzlich.

»Muss ich ins Bett?«

»Nein, du musst hier sitzen bleiben … Moment, ich bin gleich wieder da.« Sie lief in die Küche.

Ich überlegte, wem ich wohl ähnlicher sehe, meiner Mutter oder meinem Vater.

Im nächsten Moment ging die Tür auf und Tante Mona kam mit einem kleinen Kuchen herein, auf dem Kerzen brannten. Dazu sang sie »Zum Geburtstag viel Glück!«, genauso schief und falsch, wie Mama immer singt.

Ich war total verdattert.

»Herzlichen Glückwunsch zum Dreizehnten, Marko!«, sagte sie und stellte den brennenden Kuchen vor mir auf den Tisch. Einen Schokoladenkuchen mit dreizehn rot-weiß geringelten Kerzen, die wie Leuchttürme aussahen. »Bin ich der erste Gratulant?«

Ich lachte. »Logisch.«

»Mein Geschenk ist das Foto. Du kannst es behalten.« Sie löste es vorsichtig aus dem Album und gab es mir.

Am nächsten Morgen war nicht unbedingt Geburtstagswetter, aber immerhin goss es auch nicht in Strömen. Wir fuhren zu den berühmten Kreidefelsen der Stubbenkammer, die über hundert Meter über dem Meer liegen. (Tante Mona sagt, so ein berühmter Maler hat die Felsen vor fast zweihundert Jahren gemalt, deswegen sind die Felsen nun ebenfalls berühmt.) Das Meer war immer noch grau, aber als wir da oben standen und runterguckten, riss plötzlich für ein paar Minuten der Himmel auf, die Sonne kam heraus und das Wasser färbte sich blau! Wie ein Tintenfisch, der seine Farbe wechselt, weil er gerade mal eben lieber blau sein möchte.

»Rügen merkt, dass du Geburtstag hast!«, rief Tante Mona.

»Nett von Rügen«, sagte ich.

Hinterher machten wir einen langen Spaziergang am Strand, wo der Wind meine coole Neo-Frisur verwüstete. Gerade, als mir so langsam richtig kalt wurde, klingelte mein Smartphone.

Ich warf einen Blick auf das Display. »Das ist Greg!«

Tante Mona lächelte und lief ein paar Schritte weiter.

»Hallo, Greg?«

»Herzlichen Glückwunsch!«, sagte er. »Willst du heute feiern?«

»Geht nicht, ich bin auf Rügen.«

»Rügen? Wieso Rügen?«

»Meine Tante besuchen. Die *echte*. Wie geht's?«

»Ganz gut … Was ist das für 'n komisches Geräusch?«

»Eine Möwe.«

»Ach so. Hör mal, ich war gestern wieder in der Schule und hab mit Herrn Kieser geredet.«

»Worüber?«

»Ich hab ihm erzählt, dass das mit den Spenden eigentlich meine Idee war.«

»Was? *Das* hast du gesagt?«

»Ja. Und dass wir was tun wollten, um endlich neue, saubere Klos zu kriegen. Er meinte, dass wir beide von der Schule fliegen könnten, wegen Erpressung, so was will er an seiner Schule absolut nicht haben. Und ich hab gesagt, dass es uns echt leidtut. Und er meinte, er denkt noch mal drüber nach.«

»Wahnsinn.«

»Und dass wir auf jeden Fall die Klasse wechseln müssten, falls er sich entscheidet, dass wir dableiben können.«

»Das wäre toll … Und was ist mit Adrian?«

»Das war nicht so schlimm. Adrian glaubt dir nämlich kein Wort und denkt, du hättest das alles nur erfunden, um dich wichtig zu machen und Elena zu beeindrucken. Ich sag dazu nix.«

»Greg, es tut mir so leid.«

»Schon gut, vergiss es.«

»Okay.«

»Okay.«

»Ich weiß noch nicht, wann ich wieder da bin, aber ich melde mich zwischendurch.«

»Mach das. Feier schön.«

»Mach ich. Tschö.«

»Tschö.«

Tante Mona kam mit roter Nase zurück.

»Gute Neuigkeiten?«, fragte sie.

»Supergute!«, sagte ich.

Eine Zeitmaschine müsste man haben. So wie Marty McFly in *Zurück in die Zukunft*. Mit einer Zeitmaschine könnte ich ein paar Monate in die Vergangenheit reisen, mich am 24. Juli ins Bett legen und Mama und Toxy allein nach Hoppegarten fahren lassen. Ich würde nicht beim Pferderennen gewinnen. Und nicht bei *Little Star*. Ich würde keine Autogramme verteilen, in keiner Limousine herumfahren und keine Bodyguards engagieren. Ich würde nicht in Dahlem wohnen, sondern noch in Kreuzberg. Ich würde mit Greg schwimmen gehen. Und mit Elena telefonieren und ihr sagen, wie toll ich es finde, wenn sie neben mir sitzt.

Außerdem würde ich öfter mal ohne Mama nach Rügen fahren, um Tante Mona zu besuchen.

Wenn man in Sassnitz an so einem grauen, kalten Dezembertag wie heute am Stadthafen herumläuft, sind kaum Leute dort. Der Wind pfeift einem um die Ohren, man zieht die Kapuze tief ins Gesicht, und falls doch mal ein Mensch vorbeikommt, geht er einfach weiter und fragt nicht, ob er ein Foto mit dir machen kann.

Herrlich.

Es ist mein dritter Tag auf Rügen.

Am Himmel segeln kreischende Möwen.

Zwischen der Kaimauer und den Booten platschen kleine Wellen. Auf den Fischkuttern sieht man hinten am Heck die großen Trommeln mit den aufgerollten Netzen.

Ich komme an einem blauen Kutter vorbei, auf dem HEIMAT steht. Im Sommer ist er ein schwimmender Laden, wo man Fischbrötchen kaufen kann, hat Tante Mona mir erzählt.

Seit dem Sommer ist so viel passiert.

Als mir langsam doch zu kalt wird, marschiere ich zurück nach Hause.

Ich öffne die quietschende Gartenpforte.

Laufe am Gestrüpp vorbei zur Haustür.

Drücke einfach die Klinke herunter, denn Tante Mona schließt nie ab, wenn sie da ist.

Während ich mir in der Diele die Schuhe ausziehe, höre ich aus dem Wohnzimmer leises Stimmengemurmel. Und als ich die Tür öffne, kommt Mama auf mich zugestürmt und schließt mich in die Arme.

»Dicki!«

»ZUM MILLIONSTEN MAL: ICH HEISSE MARKO!«

Ich befreie mich aus ihrer Umklammerung.

»Entschuldige! Aber weißt du eigentlich, was für einen Schreck du mir eingejagt hast? Wenn du das nächste Mal abhaust, dann sag wenigstens nicht, du gehst zum Bäcker! Ich dachte, ich sehe dich nie mehr wieder, genau wie damals bei deinem Vater!«

»Das mit dem Bäcker war doch eh gelogen!«, brülle ich.

»War es nicht!«, brüllt sie zurück.

Komisch, irgendwie fühlt es sich gut an, dass wir uns gleich wieder anbrüllen, so wie immer. Irgendwie vertraut. So ist das eben bei uns. Und bis jetzt haben wir uns hinterher immer wieder vertragen.

Eine Weile gucken wir uns noch böse an – dann, zack, ist die Wut plötzlich weg.

»Ich war so was von erleichtert, als Mona mich anrief.«

»Ich hoffe, du bist nicht sauer, aber das musste einfach sein«, sagt Tante Mona zu mir.

Mama umarmt mich noch mal und sagt: »Herzlichen Glückwunsch zum Geburtstag nachträglich, Schatz.« Dann drückt sie mir einen Kuss auf meine Neo-Haare – und fängt plötzlich an zu weinen!

Ich bin ziemlich verdutzt.

»Ich … Ich muss dir etwas sagen …«

Sie lässt mich los und sinkt aufs Sofa.

»Marko, ich hab Mist gebaut …«

Schwarze Wimperntusche läuft ihr über das Gesicht. »Ich habe fast die Hälfte von dem *Little-Star*-Geld für die verdammte Renovierung des Salons ausgegeben und er ist immer noch nicht fertig, und ich glaube ehrlich gesagt auch nicht mehr dran, dass er irgendwann mal fertig wird … Das ganze schöne Geld ist *futsch!*«

»Oh«, sage ich.

»Ich bin so eine doofe Kuh!«, jammert Mama.

Mona holt Taschentücher, und während Mama sich die Nase putzt und die Wimperntusche wegtupft, sage ich, dann wäre die Hälfte nun eben futsch, aber die andere Hälfte sollten wir dann vielleicht doch besser für was anderes ausgeben. Und dass der Salon möglicherweise ja keine so gute Idee gewesen sei, von Anfang an nicht, und der Umzug nach Dahlem ehrlich gesagt auch nicht.

»Das stimmt«, schnieft Mama, was mich echt verblüfft. Dann holt sie eine Tafel Schokolade aus einer Tüte und gibt sie mir. Immerhin meine Lieblingssorte, Luftschokolade. »Die hab ich vor der Abfahrt noch schnell am Bahnhof gekauft. Aber die gilt nicht. Du darfst dir zum Geburtstag was wünschen … Was du willst!«

Ich muss nicht lange überlegen. Aber Mama findet die Idee, zusammen nach England zu fahren, um meinen Vater zu suchen, total daneben.

»Der hat sich doch nie um dich gekümmert!«

»Hätte er aber vielleicht gern«, sagt Tante Mona.

»Misch *du* dich nicht ein!«, faucht Mama. »Du hast dich schon viel zu viel eingemischt!«

Dann seufzt sie und greift nach ihrer Handtasche, kramt eine ganze Weile leise schimpfend und fluchend darin herum und zieht schließlich einen kleinen, zerknitterten Zettel heraus, den sie auf den Tisch knallt.

»Da, bitte sehr!«

Ich beuge mich darüber und lese:

Frank Cunningham
27 The Sycamores
Milton, Cambridgeshire
CB24 6XJ
Great Britain

»Den wollte ich dir eigentlich erst zeigen, wenn du achtzehn bist.«

Bei der Sendung *Vermisst* beginnt man die Suche mit einer alten Adresse oder einer Person, die den Vermissten irgendwann einmal gekannt hat. Es kommt natürlich häufig vor, dass die Adresse nicht mehr stimmt, aber dann fragt man Nachbarn oder bei irgendwelchen Behörden, und irgendjemand erinnert sich immer an den Vermissten und weiß, wo man weitersuchen kann.

Wir haben jedenfalls eine Adresse (den Zettel) *und* eine Person, die den Vermissten mal gekannt hat (Mama). Das ist als Ausgangssituation gar nicht mal schlecht.

Mona hat uns gestern Abend im Internet einen Flug von Rostock nach London gebucht. Und Mama hat mir noch schnell eine möglichst normale Frisur verpasst, damit mich nicht jeder gleich erkennt.

Heute früh sind wir mit dem Zug nach Rostock gefahren und von da dann mit dem Bus zum Flughafen.

Wir sitzen in einer normal großen Maschine, und gerade verkündet der Pilot über Lautsprecher »Ready for take-off!« und lässt die Triebwerke aufheulen, worauf Mama ebenfalls aufheult und losjammert, wie sehr sie die Fliegerei hasst und dass sie am liebsten sofort wieder aussteigen würde, und ich sage, sie müsste mal mit einer winzigen Propellermaschine nach Rügen fliegen, dann wüsste sie, was *richtige* Flugangst ist!

Sie lächelt gequält und krallt sich an meinem Arm fest, während wir über die Startbahn donnern und schließlich abheben.

Häuser, Straßen und Flüsse entfernen sich immer schneller und werden immer kleiner, als würde ich mich am PC mit Google Earth ins Weltall zoomen. Und mit jedem Meter, den wir höher steigen, fühle ich mich leichter.

Alles, was geschehen ist, rückt in weite Ferne.

Als wäre es schon Ewigkeiten her.

Das Land, in dem ich früher irgendwann mal so was wie ein Star war, ist kaum mehr zu erkennen. Wolkenfetzen radieren es weg, bis es komplett verschwindet.

Wir fliegen nicht nach São Paulo, sondern nach England.

Ohne Kamerateam.

Nur wir beide.

Mama hat die Augen geschlossen und ich spüre ihre Hand auf meinem Arm. Kaum zu glauben, dass sie mir meinen Geburtstagswunsch erfüllt! Obwohl sie Angst hat – bestimmt nicht nur vorm Fliegen.

Ich habe keine Angst.

Ich bin nur wahnsinnig gespannt.

Man weiß ja nie, was so alles passiert.

Danken möchte ich …

Michael Turnbull für seinen genial guten Blick auf Figuren und ihr Handeln.

Meiner argusäugigen Lektorin *Barbara Gelberg* fürs argusäugige Lektorat.

Anke Kuhl und *Kerstin Schürmann* für den grandiosen Umschlag.

Hella Beister fürs erste Lesen und das erste Feedback.

Dem Inder *Saaro,* der nach fünfundzwanzig Jahren seine Mutter wiederfand und dadurch für Marko so wichtig wurde.

Und meinem Neffen *Maurice Uhlig,* der mit mir nach Hoppegarten fuhr, um ungewöhnliche Hüte zu bewundern und zum ersten Mal dabei zuzugucken, wie Pferde mit knallbunt gekleideten kleinen Männern auf dem Rücken um die Wette rennen.

Salah Naoura

Matti und Sami
und die drei größten Fehler des Universums

Roman
ab 9
Gebunden, 144 Seiten (79438)
Gulliver (74427)
Auch als Hörbuch bei der
Hörcompany erhältlich

Matti träumt von einem Familienurlaub in der Heimat seines finnischen Vaters und erreicht dieses Ziel mit einer faustdicken Lüge. Dort aber finden sich Matti, sein kleiner Bruder Sami und die Eltern auf einmal ohne Bleibe, Geld und Auto mitten in der finnischen Einöde wieder. Nur ein Wunder kann sie noch retten …

»… ein großes Vergnügen, auch dank der Kunst des Autors, selbst durch den kuriosesten Spaß Tiefe blitzen zu lassen.« *FAZ*

»Mit Lakonie und einem genauen Blick auf die deutsch-finnische Seele erzählt Salah Naoura eine überraschende Sommergeschichte voller Wärme und Witz.«
Aus der Jury-Begründung zum Peter-Härtling-Preis

www.beltz.de

Martina Wildner

Das schaurige Haus

Roman
ab 11
Gebunden, 208 Seiten (79995)
Gulliver (74386)

Nominiert für den Deutschen Jugendliteratur-
preis
Die besten 7 Bücher für junge Leser

Hendrik und Eddi sind mit ihren Eltern in ein kleines Dorf im
Allgäu gezogen. Aber irgendjemand hat es auf sie abgesehen
und will, dass sie aus dem Haus am Pestkirchlein so schnell wie
möglich wieder verschwinden. Als Eddi furchtbare Albträume
hat, ist für den großen Bruder klar: Auf dem Haus liegt ein
schrecklicher Fluch …

»Spannend genug, dass man es an einem Abend ausliest. Und
danach vermutlich unruhig einschläft.« *FAZ*

»Bis zum Schluss bleibt alles in der Schwebe zwischen Aberwitz
und Wahrscheinlichkeit. So schaurig und spannend dieser Roman sich liest – er ist mehr als ein Schauerroman.« *NZZ*

»Wildner erzeugt mit scheinbarer Leichtigkeit eine unheimliche
Atmosphäre, die den Leser von der ersten Seite an fesselt. Hier
verbinden sich Spannung und hohes literarisches Niveau zu
einem großartigen Ganzen!« *Börsenblatt Spezial*

www.beltz.de

Martina Wildner

Königin des Sprungturms

Roman
ab 11
Gebunden, 216 Seiten (82027)

Die 12-jährige Nadja kennt kein Leben ohne Karla. Tag für
Tag gehen sie zum Sprungtraining - Auerbachsalto, Delfinkopf-
sprung. Nadjas Sprünge sind beeindruckend, aber Karla ist die
Königin des Sprungturms. Doch von einem Tag auf den anderen gelingen Karla keine Sprünge mehr … Ein unvergesslicher
Sommer, in dem Nadja von Karlas Geheimnis erfährt, in dem
sie Alfons kennenlernt und ihr der beste Sprung des Lebens
gelingt.

»Wenige Preteen-Romane weisen eine solche Tiefe auf und
sind dabei spannend, komplex und süffig zu lesen.« *Eselsohr*

»Ein sehr schönes Buch, das einem nicht nur Einblicke in die
Welt der Wasserspringer gewährt, sondern auch klarmacht, was
Freundschaft sein kann.« *Main-Post*

www.beltz.de

Blake Nelson

Rockstar Superstar

Roman
ab 12
Aus dem Englischen von Friederike Levin
Gulliver, 264 Seiten (74232)
Auch als E-Book erhältlich

One, two, three – let's go! In Petes Leben dreht sich alles um Musik, seinen Bass und die Jazzband der Schule. Dass plötzlich alle auf den rohen und aggressiven Sound der neuen Band »Tiny Masters of Today« abfahren, lässt ihn kalt. Die Jungs sind doch totale Amateure. Nie würde er bei denen mitmachen. Und dass Margaret gerne mit ihm ins Kino gehen möchte, interessiert Pete auch nicht. Margaret ist ein totaler Freak. Nie würde er mit der etwas anfangen. Aber dann kommt alles ganz anders ...

»This novel rocks!« *Publishers Weekly*

www.beltz.de

Seita Parkkola

Wir können alles verlieren. Oder gewinnen

Roman
ab 11
Aus dem Finnischen Elina Kritzokat
Gebunden, 336 Seiten (82013),
Gulliver (74422)

Bisher dachte Taifun, Galgenmännchen sei ein harmloses Buchstabenspiel. Doch an der »Schule der Möglichkeiten« lernt er, dass es dabei um Bestrafung geht. Und die erste Strafe ist die seltsamste, die Taifun jemals bekommen hat: eine Freundin. Mit India nimmt er den Kampf gegen die Schule auf. Bald merken sie, dass sie alles aufs Spiel setzen müssen, um zu gewinnen – oder zu verlieren.

»Unbedingt empfehlenswert!« *Badische Zeitung*

»Gespannt bleibt man an der Seite des Helden und erträgt kaum das groteske System, das er zu stürzen versucht. Ob ihm der Schlag gegen die Diktatur gelingt? Es wäre ein verdienter Sieg in einer großartig erzählten Geschichte.« *Märkische Allgemeine/ Bücherschau*

www.beltz.de

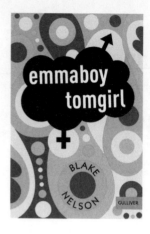

Blake Nelson

emmaboy tomgirl

Roman
ab 11
Aus dem Englischen von Friederike Levin
Gulliver, 224 Seiten (74110)

Seit Emma und Tom aufs Gymnasium gehen, ist es aus mit der Freundschaft – endgültig. Emma findet Jungs einfach nur doof, und für Tom sind Mädchen vor allem eins: gackernde Hühner. Deshalb herrscht Krieg zwischen den Mädchen und den Jungs. Bei jeder Gelegenheit. Doch das ist längst nicht alles. Nach einem üblen Zusammenstoß stecken Emma und Tom im jeweils anderen Körper! Rasant, frech, witzig – ein Hin und Her zwischen den Geschlechtern.

»Schöner Slapstick.« *BuchJournal*

»Der amerikanische Autor Blake Nelson erzählt mit so viel Witz und Tempo, dass der Leser sich königlich amüsiert.«
Süddeutsche Zeitung

www.beltz.de

Carl Hiaasen

Echte Biester

Roman
ab 12
Aus dem Englischen von Michael
Koseler
Gebunden, 336 Seiten (81145)
Auch als E-Book erhältlich

Wahoo ist zwischen Schlangen und Alligatoren aufgewachsen.
Als Sohn eines Tiertrainers bringt ihn so schnell nichts aus der
der Ruhe. Bis zu dem Tag, als ein Filmteam der Realityshow
Expedition Überleben! auftaucht: Derek Badger, der Star der
Sendung, will unbedingt mit echten Biestern kämpfen, obwohl
er in Wirklichkeit kaum in der Lage ist, eine Fliege zu fangen.
Erst bringt er alle zur Weißglut, dann verschwindet er verwirrt
in den Everglades. Zusammen mit Tuna macht sich Wahoo auf
die Suche nach dem falschen Helden, von dem man nicht weiß,
ob er die Bisse von 1 Alligator, 1 Schnappschildkröte, 2 Schlangen, 1 Fledermaus und 2000 Moskitos überlebt hat …

Über die Bücher von Carl Hiaasen:

»Carl Hiassen ist ein souveräner Erzähler.« *Stuttgarter Zeitung*

»Bissig, ironisch, spannend, aufmüpfig.« *Der Westallgäuer*

www.beltz.de